KB175613

쉽게 읽는
# 북학의

**안대회**

연세대 국문학과 및 동대학원을 졸업했다. 문학박사이며, 성균관대 한문학과 교수로 재직 중이다. 저서에 『궁극의 시학 ─ 스물네 개의 시적 풍경』, 『천년 벗과의 대화』, 『벽광나치오』, 『조선을 사로잡은 꾼들』, 『정조의 비밀편지』, 『고전 산문 산책』, 『선비답게 산다는 것』, 『18세기 한국 한시사 연구』 등이 있고, 역서에 『완역 정본 북학의』, 『북상기』, 『추재기이』, 『한서열전』, 『산수간에 집을 짓고』, 『궁핍한 날의 벗』 등이 있다.

## 쉽게 읽는 북학의

— 조선의 개혁·개방을 외친 북학 사상의 정수

박제가 지음 | 안대회 엮고 옮김

2014년 10월 27일 초판 1쇄 발행
2022년 4월 5일 초판 3쇄 발행

펴낸이 한철희 | 펴낸곳 돌베개 | 등록 1979년 8월 25일 제406-2003-000018호
주소 (10881) 경기도 파주시 회동길 77-20 (문발동)
전화 (031) 955-5020 | 팩스 (031) 955-5050
홈페이지 www.dolbegae.co.kr | 전자우편 book@dolbegae.co.kr
블로그 blog.naver.com/imdol79 | 트위터 @Dolbegae79

편집 이경아
표지디자인 민진기 | 본문디자인 이은정
마케팅 심찬식·고운성·조원형 | 제작·관리 윤국중·이수민
인쇄·제본 한영문화사

ISBN 978-89-7199-634-8 (03810)
이 도서의 국립중앙도서관 출판시도서목록(CIP)은 e-CIP 홈페이지
(http://www.nl.go.kr/ecip)에서 이용하실 수 있습니다.(CIP제어번호: CIP2014029771)

책값은 뒤표지에 있습니다.

# 쉽게 읽는
# 북학의

**조선의 개혁·개방을 외친 북학 사상의 정수**

박제가 지음
안대회 엮고 옮김

돌베
개

책머리에

이 책은 초정楚亭 박제가朴齊家(1750~1805)의 명저 『북학의』北學議를 쉽게 읽을 수 있도록 새롭게 편집하고 해설을 붙인 것이다. 『북학의』는 조선 500년 역사에서 출현한 수많은 명저 가운데서도 몇 손가락 안에 꼽히는 위대한 저술이다. 당시 현실을 바탕으로 쓴 저술이면서도 역사를 넘어서는 보편적 사유를 담고 있어 지금도 여전히 문제적 시각을 보여 준다. 『북학의』는 미래에도 변치 않는 가치를 지니며 한국인이 읽어야 할 고전으로 남아 있을 것이다.

그렇다면 이 책은 무엇을 말하고자 한 것일까? 『북학의』는 이름 그대로 풀이하면 북쪽을 배우자는 논의다. 여기서 북학北學은 북쪽에 있는 나라 곧 청나라의 선진 문물을 배우자는 것이다. 청나라 곧 중국을 배워야 하는 이유는 당시 우리나라가 경제와 국방, 문화와 기술 등 많은 분야에서 낙후되어 남에게 배우지 않고는 세계 수준에 도달할 수 없다고 본 데 있다. 먼저 중국을 배우고 차례로 일본과 서양을 배워서 국력이 강하고 문화가 발달한 문명의 나라로 만들자는 청사진을 제시했다. '북학'은 이 책에서 가장 중요한 키워드다.

북학의 주장은 얼핏 보면 국가 위주의 색채가 짙으나 실제로는 그렇지 않다. 『북학의』에서 다루는 것은 서민의 행복하고 윤택한 삶이다. 박제가는 그것을 이용후생利用厚生이란 말로 표현했다. 여기서 이용은 일상생활을 편리하게 영위하는 것을 가리키고, 후생은 삶을 풍요롭게 누리는 것을 가리킨다. 입고 먹고 거주하는 기본적 생활을 윤택하고 편리하게 영위하는 민생民生을 의미한다. 의식주를 해결하지 않고서 윤리 도덕을 말하는 것은 허울 좋은 이상에 불과하다고 본 박제가는 풍요로운 생활을 추구할 권리와 방법을 제시했다. 물질적 풍요를 적극적 추구의 대상으로 전환한 것은 도덕 우위의 학문이 권위를 행사하던 학문 토양에 대해 반기를 든 것이다. 조선조 학문의 전통에서 『북학의』는 이단적이다.

이렇게 『북학의』는 북학과 이용후생이란 두 개의 키워드로 조선의 혁신을 부르짖었다. 조선 혁신의 일차적 목표는 낙후한 경제의 부흥을 추진하여 개인은 풍요로운 생활을 구가하고 국가는 부국강병을 실현하는 것이다. 최종의 목표는 다수 국민이 고도의 문명을 향유하고, 국가는 외국의 침략을 받지 않는 강한 나라가 되는 것이다. 구체적으로는 서민들은 "꽃과 나무를 심고 새와 짐승을 기르며, 음악을 연주하고 골동품을 소유하는" 문화를 향유하고, 국가는 일본과 청나라에 침략당한 치욕을 복수하는 국력을 소유하기를 희망했다.

박제가가 열정적으로 주장한 것들은 그 이후 역사에서 실현된 것도 적지 않고, 미완의 과제로 남은 것도 많다. 물론 방향 설정이 잘못된 것도 없지 않다. 결과와는 무관하게 『북학의』는 250년 전 한국 사회의 현실과 그 현실을 극복하려는 지식인의 고뇌를 명쾌하게 드러낸다. 그의 방향 설정은 대체로 정확했고, 그의 고뇌는 현재와 미래의 우리 사회가 곰곰이 되새겨 볼 가치가 있다. 요컨대, 박제가와 그의 『북학의』는 우리 지성사에서 큰 의미를 지닌다.

그러나 현대인이 읽어야 하는 『북학의』 텍스트는 지어진 당시로부터 250년이란 거리가 놓여 있다. 당시 사회와 기술의 현황을 세밀하고 생생하게 묘사한 까닭에 책이 다루고 있는 내용에는 현대 한국인에게 매우 낯설게 받아들여질 만한 것이 적지 않다. 책을 펼치자마자 보이는 수레에 대한 묘사나 벽돌의 제작법만 봐도 그렇다. 수레와 벽돌은 박제가가 가장 공들여 쓴 부분의 하나다. 당시 수레와 벽돌을 거의 사용하지 않은 조선에 시급히 도입할 것을 강력하게 주장했다. 20세기 이후 수레와 벽돌은 널리 사용되었고, 수레는 자동차로 발전하여 현대인의 일상품이 되었다. 상전벽해의 변화가 그 사이에 전개되면서 저자가 역설한 것은 이미 극복되었거나 낡아서 폐기된 것이 있다.

또 『북학의』에는 "중국을 배워야 한다"(學中國)는 언급이 20번쯤 나온다. 발전 모델을 거의 전적으로 중국에 두고 그 문화와 기술을 배움으로써 부국강병을 추진한다는 인상을 받게 만든다. 현재의 상황과는 상당히 다르다. 상황이 급변하기는 하나 현대 우리의 기술이나 사회 전반의 수준이 중국보다 앞서는 부분이 적지 않다. 더 구체적인 분야에 들어가 보자. 박제가는 배를 만드는 조선造船 기술의 낙후함을 크게 비판했는데 현재 우리의 조선 기술이나 생산 능력은 세계 최고 수준이다. 『북학의』를 읽을 때 심리적으로 동조하기 어려운 점이 발생하는 이유이다. 그래서 당시 상황에 대한 초보적 이해가 필요하다.

250년의 역사적 거리와 환경과 기술 수준의 변화는 이 명저를 읽는 데 걸림돌이 되고 있다. 그러나 그 시대 상황과 변화 과정을 조금만 알게 된다면, 이 책이 던지는 메시지를 넉넉하게 이해할 수 있다. 그 역사적 거리를 뛰어넘어 『북학의』를 쉽게 읽을 수 있도록 새로운 편집과 번역, 해설을 붙인 『쉽게 읽는 북학의』를 간행하는 이유가 여기에 있다. 이 책은 다음과 같은 방향을 취하고 있다.

먼저 『북학의』를 완전히 새롭게 분류했다. 『북학의』 원본은 내편과 외편, 진상본 3종으로 구성되어 있다. 3종의 전체 내용을 주제에 따라 4장으로 다시 분류하고 각 장을 중간 항목으로 분류하여 재구성했다. 현대인이 『북학의』를 읽을 때에는, 북학의 실천보다는 북학의 논리에 가치를 두어 읽는 것이 바른 순서라고 판단하여 외편의 글을 내편의 글 앞에 두는 변화를 주었다. 그리고 각 장의 앞부분에 그 장의 내용을 이해하는 데 도움이 되도록 적당한 분량의 해설을 붙였다.

다음으로 『북학의』에는 이희경李喜經이 쓴 두 편의 글과 웅삼발熊三拔의 『태서수법』泰西水法이 부록으로 실려 있다. 또 진상본에는 내편, 외편과 중복되는 글이 적지 않다. 부록이나 중복된 글들은『북학의』를 이해하는 데 긴요하지 않다고 판단하여 수록하지 않았다. 또한 일부 고증적이고 번잡한 글도 삭제하여 싣지 않았다. 그러나『북학의』에서 읽어야 할 내용은 거의 모두 빠짐없이 수록하여 전모를 파악하는 데 충분하도록 했다.

이 책은 지난해에 출간한『완역 정본 북학의』를 바탕으로 번역을 일부 수정했고, 각주는 본문을 이해하는 데 꼭 필요한 것 위주로 최소한으로 달거나 본문에 간단한 설명을 붙여서 읽기에 불편함이 없도록 했다. 필요한 곳에는 도판을 실어 이해를 돕도록 했다. 새롭게 분류하고 편집하여 해설함으로써 박제가와『북학의』가 표현한 사상을 체계적이고 명쾌하게 이해하는 데 큰 도움을 줄 것으로 기대한다.

2014년 10월
안대회

차 례

1장

# 왜 북학인가?

# 강대국을 꿈꾼 젊은 선비 박제가

박제가는 왜 조선의 당면 과제로 북학北學을 내세웠을까? 책 이곳 저곳에는 그 동기와 이유가 보이는데, 특히 세 편의 글에 집중적으로 나타나 있다. 바로 1778년에 쓴 「자서」自序와 1786년에 쓴 「병오년 정월에 올린 소회」, 1798년에 쓴 「『북학의』를 임금님께 올리며」이다. 『북학의』 초고를 완성한 1778년 이후 거의 10년에 한 번꼴로 북학의 필요성을 제기하고 있는데, 시대의 진전에 따라 논조는 더욱 강해진다.

먼저 「자서」는 『북학의』를 쓴 동기를 선명하게 밝히고 있다. 정조 임금이 왕위에 오른 지 2년밖에 되지 않은 때이므로 새로운 국왕이 그 제안을 받아들여 개혁에 나서기를 희망하며 썼다. 1786년 병오년에 쓴 글은 정조 임금의 지시에 따라 자신의 생각을 밝혔다. 왕위에 오른 지 10년에 이르는 동안 미봉책으로 가난한 조선의 폐정을 개선했을 뿐 근본적 개혁이 이루어지지 않았음을 지적하며 거듭 북학을 통한 근본적 개혁의 필요성을 역설했다. 세 번째 글은 1798년 연말에 썼다. 이번에는 농서農書를 구하는 국왕의 지시에 호응하여

『진상본 북학의』를 올리면서 다시 북학이 농업 진흥과 사회 개혁의 근간임을 역설했다. 저자가 이 글을 올린 지 1년 조금 넘어서 정조는 훙서薨逝했다.

세 편 가운데 두 편은 저술의 서문이고, 또 두 편은 국왕에게 올리는 성격의 글이다. 「『북학의』를 임금님께 올리며」는 두 가지 성격을 함께 가지고 있다. 국가 개혁의 최종 권한을 지닌 국왕을 설득하여 개혁을 추진하려는 의도가 강하게 표현되고 있다. 박제가의 제안에 대해 정조는 상당히 호의적 태도를 가졌으나 전면적으로 채택하지는 못했다. 저자가 내세운 북학의 동기와 필요성을 각 편의 요지를 통해 설명하면 다음과 같다.

「자서」에서는 중국의 선진 문물을 조사하고 기록하여 『북학의』를 저술하는 이유를 밝혔다. 조선을 부강한 나라로 만들고 백성의 생활을 윤택하게 하려는 목적에서 이유를 찾았다. 백성의 생활이 윤택해지면 자연스럽게 국가가 부강해진다는 관점을 가지고 백성의 이용利用과 후생厚生에 힘써야 한다고 주장했다. 산업과 생산의 낙후한 상황을 타개하고, 고루한 의식을 깨기 위해서는 중국을 배우는 것이 시급하다고 보고 그 정책의 시행을 북학이라는 표어로 크게 내

세웠다.

두 번째 글에서는 조선이 당면한 최대의 문제가 빈곤이라 선언하고 산업과 경제 부흥을 위한 방안을 제시했다. 그가 제시한 방안은 "중국과 통상하는 길밖에 없다"는 것으로, 중국을 비롯한 외국과의 통상, 외국 과학과 기술의 수입을 적극적으로 추진할 것을 제안했다. 다음으로 조선의 폐정을 진단하여 '네 가지 기만'(四欺)과 '세 가지 폐단'(三弊)을 들고 놀고먹는 양반의 도태를 포함하여 전면적으로 각종 제도와 풍속을 개혁하자고 주장했다. 그의 개혁안은 대단히 급진적이고도 혁신적이었다. 그에 대해 정조는 "여러 조목으로 진술한 내용을 보니 너의 식견과 지향을 알 수 있도다"라는 비답批答을 내려 그 혁신성을 인정했다.

세 번째 글에서 농업을 진흥시키는 방안을 제시했다. 특별하게도 그는 농법의 개량보다 지배계층인 유생儒生을 도태시키고, 수레를 유통시키는 것을 먼저 추진해야 한다는 논리를 펼쳤다. 전국의 농업 생산력을 향상시키는 방안을 제시하면서 그 근간은 선진 문물의 수입이라는 점을 다시 강조했다. 그는 "현재의 법을 바꾸지 않는다면 현재의 풍속 아래에서 하루아침도 살 수 없다"는 암울한 결론을 내리고 개혁만이 부국강병의 나라를 만들 수 있다고 했다.

　이렇게 세 편의 글은 대단히 논쟁적이고 논리적으로 북학의 필요성을 주장하고 있다. 『북학의』의 다른 글과 견주어 볼 때 길이도 긴 편이다. 중요한 관점 위주로 명료하고도 선이 굵게 주장을 펼치고 있다. 조선 후기 많은 학자들의 글 가운데서도 빼어난 경세문자經世文字로 손꼽을 만큼 역사적으로 중요한 의의를 지닌다.

**박제가 초상화**　중국 개인 소장. 1790년 박제가가 두 번째로 북경에 갔을 때, 양주화파揚州畵派의 저명한 화가인 나빙羅聘 (1733~1799)이 선물한 초상화. 40세 전후 박제가의 풍모를 인상적으로 묘사했다.

# 자서
自序

나는 어릴 적부터 고운孤雲 최치원崔致遠과 중봉重峯 조헌趙憲의 사람됨을 사모하여 비록 사는 시대는 다르나 말을 끄는 마부가 되어 그분들을 모시고 싶다는 간절한 소망을 지니고 있었다. 당唐에 유학하여 진사進士가 된 최치원은 고국에 돌아온 뒤로 신라의 풍속을 혁신하여 중국의 수준으로 진보시킬 방법을 고민했다. 그러나 쇠락한 시대를 만난 까닭에 가야산에 은거하여 어떻게 인생을 마쳤는지조차도 알 수가 없다.

조헌은 질정관質正官[1]의 자격으로 북경北京에 들어갔다가 돌아와서는 임금님께 『동환봉사』東還封事를 올렸다. 이 상소문에는 중국의 문물을 보고서 우리 조선의 처지가 어떤지를 깨닫고, 남의 좋은 점

---

1 북경에 가는 사신의 수행원으로 특별히 문관 한 명을 차출하여 이문(吏文)이나 방언(方言) 등의 의문점을 물어서 바로잡는 일을 맡아보게 했다. 이를 조천관(朝天官)이라고 했는데 나중에 질정관으로 명칭이 바뀌었다.

을 보고서 자신도 그와 같이 되려고 애쓰는, 적극적이고도 간절한 정성을 담았다. 중국의 문화를 받아들여 조선의 현실을 변화시키고자 애쓰는 정성 아닌 것이 없었다. 압록강 동쪽의 우리나라가 천여 년을 지내 오면서 규모가 작고 외진 곳에 있는 이 나라를 한번 개혁하여 중국의 수준으로 높이 끌어올리고자 노력한 사람은 이 두 분밖에 없었다.

올해 여름 진주사陳奏使가 중국에 들어갈 때 나는 청장관青莊館 이덕무李德懋(1741~1793)와 함께 사절단을 따라갔다. 북경과 계주薊州 사이의 광야를 실컷 돌아보고, 오吳와 촉蜀 지방의 선비들과 교유를 맺었다. 몇 개월 동안 그곳에 머물면서 평소에 듣지 못한 사실을 새롭게 들었다. 나는 중국의 오랜 풍속이 여전히 남아 옛사람이 나를 속이지 않았음을 확인하고 감탄을 금치 못했다.

그래서 그들의 풍속 가운데 본국에서 시행하여 일상생활을 편리하게 할 만한 것이 있으면 발견하는 대로 글로 기록했다. 아울러 그 것을 시행하여 얻을 수 있는 이익과 시행하지 않아서 발생하는 폐단까지 덧붙여서 주장을 펼쳤다. 그러고는 『맹자』孟子에 나오는 진량陳良의 말을 가져다가 책의 이름을 '북학의'北學議라 지었다.[2]

---

2  『맹자』「등문공 상」(滕文公上)에 "나는 중화(中華)가 오랑캐를 변화시켰다는 말은 들었지만 중화가 오랑캐에 의해 변화되었다는 말은 듣지 못했다. 진량(陳良)은 초(楚)나라 출신이다. 주공(周公)과 공자(孔子)의 도(道)를 좋아하여 북쪽의 중국에 가서 공부했다. 그 결과 북방의 학자들 가운데 진량보다 나은 자가 없었다"(吾聞用夏變夷者, 未聞變

이 책에서 주장한 내용 가운데 시시콜콜한 것은 소홀히 여기기 쉽고, 번잡한 것은 시행하기 어려울 것이다. 그렇지만 과거의 제왕은 백성을 교화할 때 집집마다 찾아다니며 일일이 가르치고 깨우치지 않았다. 성인이 절구를 한번 만들어 내자 천하에는 껍질을 벗기지 않은 낟알을 먹는 사람이 사라졌고, 신발을 한번 만들어 내자 천하 사람들이 맨발로 다니지 않게 되었으며, 또 배와 수레를 한번 만들어 내자 아무리 험준한 곳이라도 운반하여 유통시키지 못하는 물건이 없어졌다. 그와 같은 방법이 얼마나 간소하면서도 쉬운가!

이용利用(생활을 편리하게 함)과 후생厚生(삶을 풍요롭게 함)은 둘 중 하나라도 갖추어지지 않으면 위로 정덕正德(올바른 덕)을 해친다. 따라서 공자께서 "인구를 불리고 풍족하게 해 주며 그다음에 백성에게 교화를 베풀어라!"라고 말씀하셨고, 관중管仲은 "의식衣食이 풍족해진 다음에 예절을 차리는 법이다"라고 말했다.

현재 백성들의 생활은 날이 갈수록 곤궁해지고, 국가의 재정은 날이 갈수록 궁핍해지고 있다. 상황이 이런 데도 불구하고 사대부가 팔짱을 낀 채 바라만 보고 구제하지 않을 것인가? 아니면 과거의 습속에 젖어 편안히 안락을 누리면서 실정을 모른 체할 것인가?

주자朱子가 학문을 논하면서 "이와 같이 해서 병이 된다면, 이와

於夷者也. 陳良, 楚産也, 悅周公仲尼之道, 北學於中國, 北方之學者, 未能或之先也)라는 내용이 나온다. 곧, 문명은 높은 수준에서 낮은 수준으로 내려가는 것이지 그 역은 성립하지 않는다는 맹자의 주장이 담겨 있다.

같이 하지 않으면 약이 될 것이다"라고 말씀하셨다. 병이 무엇인지를 안다면 처방약은 손쉽게 찾아질 것이다. 따라서 이 책에서는 오늘날의 폐단이 발생한 근원에 대해 특별히 정성을 기울였다. 비록 이 책에서 말한 것이 당장 시행되지는 못한다 할지라도 이 일에 쏟은 정성은 후세 사람들이 인정해 주리라. 고운과 중봉 두 분의 뜻도 그러했을 것이다.

금상今上(정조) 2년 무술년戊戌年(1778) 가을 9월 그믐 전날, 위항도인葦杭道人(박제가의 호)은 비 내리는 통진通津의 농가에서 쓴다.

# 병오년 정월에 올린 소회

丙午正月二十二日朝參時 典設署別提朴齊家所懷

     신은 이번 달 17일에 비변사備邊司에서 내려온 통지문을 엎드려 읽어 보았습니다. 위로는 정승 판서로부터 아래로는 대궐을 지키는 군사까지 포함하여 국사를 맡은 모든 신하들이 제각기 품고 있는 생각을 다 드러내어 과감히 진언進言하라는 지시였습니다. 그 통지문을 보고서 신은 가만히 생각해 보았습니다. 우리 조선이 국가를 창업하여 왕통을 이어 온 400년 동안 정치와 교화가 융성하고 빛나서 그 아름다운 치적을 하은주夏殷周 삼대三代에 견줄 만합니다. 또 성상聖上께서 나라를 다스린 지 이제 10년으로 그동안 많은 제도가 정비되었습니다. 그 사이에 논쟁거리가 될 만하거나 제언할 만한 일이 있으면 성상께서 반드시 먼저 실행에 옮기셨으므로 드려야 할 말씀이 실제로는 있을 수 없습니다. 말씀 올리기를 꺼리거나 두려워 피하려는 까닭으로 진언을 올리지 못하는 것은 결코 아닙니다.

사정이 그러함에도 불구하고 성상께서는 성인으로 자처하지 않으십니다. 재앙이라도 만나면 더욱 근면하게 정사를 돌보시어 나무꾼 같은 비천한 자에게도 자문을 구하십니다. 그러므로 신은 미치광이 장님 같은 당돌한 짓도 피하지 않고 대략 한두 가지 말씀을 올리고자 합니다.

현재 국가의 큰 폐단은 한마디로 가난입니다. 그렇다면 이 가난을 어떻게 구제하겠습니까? 중국과 통상하는 길밖에 없습니다. 이제 조정에서 사신 한 사람을 파견하여 중국 예부禮部에 이런 자문咨文을 보내십시오.

"내가 가진 것을 다른 데로 옮겨서 없는 것을 얻고자 무역하는 것은 천하의 공통된 법입니다. 일본과 유구琉球, 안남安南(베트남), 서양의 무리가 모두 민閩, 절강浙江, 교주交州, 광주廣州 등지에서 교역하고 있습니다. 외국의 여러 나라와 마찬가지로 우리도 뱃길을 통해 상인들이 통상할 수 있도록 허가해 주십시오."

저들은 아침에 요청하면 저녁에는 반드시 허가를 내줄 것입니다. 그러면 황당선荒唐船(연안에 출몰하는 정체불명의 선박)을 꾀어 불러들여 안내자로 이용합니다. 황당선은 모두가 광녕廣寧의 각화도覺化島 백성으로 법을 어기고 몰래 바다로 나온 자들인데 항상 4월에 와서 방풍防風(해삼)을 채취해 8월에 돌아갑니다. 저들의 행위를 금지시키지 못할 바에야 아예 교역 시장을 만들어 주고 후한 뇌물을 주어 친교를 맺는 편이 나을 것입니다. 이것은 그리 어려운 일이 아닙니다.

挹婁

慎肅

扶餘

鮮甲

北沃沮

朝鮮

東沃沮

遼東界

광녕
廣寧

개주蓋州

해주海州

복주福州

선천

각화도覺花島

금주金州(大連)

장연

齊東界

내주
萊州

등주登州

강경

黃河

장강
長江

大江

절강浙江

천주泉州 ●

장주漳州 ●

또 연해의 섬에 거주하는, 물에 익숙한 백성들을 모집하여 관원이 인솔하고 곡식과 돈을 소지하고 시장으로 갑니다. 등주登州와 내주萊州에서 온 배들을 장연長淵에 정박시키고, 금주金州·복주復州·해주海州·개주蓋州 물건을 선천宣川에서 교역하게 하고, 장강長江·절강浙江·천주泉州·장주漳州의 재화는 은진恩津과 여산礪山 사이 강경江景에 모여들게 하십시오. 그러면 영남의 면화와 호서의 모시, 서북 지역의 실과 삼베를 비단과 담요로 바꿀 수 있고, 대나무화살(竹箭), 백추지白硾紙(백면지白綿紙), 족제비털붓, 다시마, 전복 같은 산물은 금과 은, 물소뿔, 병기, 약재 같은 쓸모 있는 물건으로 교환할 수 있습니다.

또 배와 수레, 가옥, 집기 따위의 이로운 기계를 그들로부터 배울 수 있습니다. 천하의 도서圖書를 국내로 들여오므로 조선 풍속에 얽매인 선비들의 편벽되고 꽉 막히고 고루하며 좁디좁은 견해가 군이 깨트리려고 애쓰지 않아도 저절로 부서질 것입니다. 다만 논자들은 반드시 이렇게 반론을 제기할 것입니다.

"우리나라는 나름대로의 예법과 정치제도를 갖추고 있다. 청나라 정삭正朔을 억지로 받들기는 하지만 우리 본래의 뜻은 아니다. 문자나 제도에 저들에게 저촉되는 것이 많으므로 우리가 가서 누설하거나 저들이 우리에게 와서 엿보게 해서는 결코 안 된다."

그러나 그 반론은 잘못된 생각이라고 신은 말하고 싶습니다. 옛날 월越나라 왕 구천句踐이 오吳나라 회계會稽에 억류되어 있을 때 밤낮으로 함께 붙들려 온 사람들과 더불어 모의한 내용은 바로 오나라를 없애는 것이었습니다. 그것은 급박한 기밀이라 하지 않을 수 없습니다. 그렇지만 모의가 누설되지 않은 것은 더불어 국사를 모의한 자가 제대로 된 사람이었기 때문입니다.

더구나 신이 들은 바로는, 큰 일을 성취하고자 하는 사람은 작은 혐의를 피하지 않는다고 합니다. 여우처럼 의심하여 앞뒤좌우를 두리번거리며 살피기나 한다면 무슨 일을 할 수 있겠습니까? 1만 금이 나가는 박옥璞玉을 가공하려고 이웃 나라에서 옥공玉工을 초빙하면서 "그가 나를 해칠까 두렵다"라고 말한다면 되겠습니까?

중국의 흠천감欽天監에서 역서曆書를 만드는 서양 사람들은 모두 기하학에 밝고 이용후생의 학문과 기술에 정통하다고 들었습니다. 국가에서 관상감觀象監 한 부서의 비용으로 그들을 초빙하여 관상감에 근무하게 하고, 나라의 우수한 인재를 그들에게 보내 천문天文과 그 운행, 종율鐘律과 천문 관측기구의 도수度數를 비롯하여, 농상農桑, 의약醫藥, 자연재해, 기후의 이치, 그리고 벽돌의 제조, 가옥과 성곽, 교량의 건축, 구리와 옥의 채광, 유리를 굽는 방법, 수비용 화포를 설치하는 방법, 관개하는 방법, 수레를 통행시키고 배를 건조하는 방법, 벌목하고 바위를 운반하는 방법, 무거운 것을 멀리 운반하는 방법을 배우도록 조치하십시오. 그렇게 한다면 몇 년이 지나지 않아서 나라를 다스리는 데 알맞게 쓸 인재가 배출될 것입니다. 논자들은 또 이렇게 말할 것입니다.

"한나라 명제明帝가 불교를 수용한 것도 오히려 천고千古에 누를 끼쳤다. 저 구라파는 중국으로부터 9만 리 떨어진 곳으로 천주교라는 이교異教를 숭상한다. 또 인종이 우리와는 몹시 다르다. 더구나 그들은 해외의 여러 야만족과도 외교를 맺고 있으므로 그 속마음을 측량할 수 없다."

신의 판단으로는, 그들 무리 수십 명을 가옥 한 채에 거처하게 하면 분명히 난을 일으키지 못할 것입니다. 더구나 그들은 결혼도 벼슬도 하지 않고, 금욕 생활을 하면서 먼 나라를 여행하여 포교하는 것을 목표로 하고 있습니다. 저들 종교가 천당과 지옥을 독실하게 믿어 불교와 다름이 없기는 합니다. 그러나 저들이 소유한 후생厚生에 필요한 도구는 불교에는 없는 것입니다. 저들이 소유한 도구에서 열 가지를 취하고 나머지 한 가지를 금지하는 것이 좋은 계책입니다. 다만 저들에 대한 대우가 적절하지 않으면 불러도 오지 않을까 염려될 뿐입니다.

저 놀고먹는 자들은 나라의 큰 좀벌레입니다. 놀고먹는 자가 날이 갈수록 불어나는 이유는 사대부가 날로 번성하는 데 있습니다. 이 무리들이 나라에 온통 깔려 있어서 한 가닥 벼슬로는 모두 옭아맬 방법이 없습니다. 그들을 처리할 방법이 따로 마련되어야 합니다. 그런 뒤에야 근거 없는 소문을 날조하는 무리가 사라지고 국가의 통치가 제대로 시행될 것입니다.

신은 수륙의 교통 요지에서 장사하고 무역하는 일을 사대부에게 허락하여 상인 명단에 올릴 것을 요청합니다. 밑천을 마련하여 빌려 주기도 하고, 점포를 설치하여 장사하게 하며, 그중에서 인재를 발탁함으로써 권장합니다. 그들로 하여금 날마다 이익을 추구하게 하여 점차로 놀고먹는 추세를 줄입니다. 생업을 즐기는 마음을 갖도록 유도하며, 그들이 가진 지나치게 강력한 권한을 축소시킵니다. 이것이 현재의 사태를 바꾸는 데 일조할 것입니다.

신이 들은 바로는, 현명한 사람은 자기를 기만하지 않고 지혜로운 사람은 자기를 피폐케 하지 않는다고 합니다. 인재가 아주 드문데도 인재를 양성할 방도를 강구하지 않고, 재용財用이 날이 갈수록 고갈되는데도 소통시킬 방법을 생각하지 않으며, "세상이 말세로 가니 백성이 가난하다"라는 핑계를 대니 이것은 국가가 자기를 기만하는 행위입니다.

지위가 높으면 높을수록 처리할 사무가 간소해집니다. 관직에 있을 때에는 하급 관료에게 모든 것을 맡기고, 국경 밖으로 사신을 갈 때에는 모든 것을 역관들에게 위임합니다. 좌우에서 자기를 옹위하게 하면서 "체모를 허술하게 할 수 없다"고 하니 이것은 사대부가 자기를 기만하는 행위입니다.

의疑와 의義라는 과거 시험¹의 숲에 갇혀 옴짝달싹하지 못하고 병

---

1　'의'(疑)와 '의'(義)는 과거 시험의 문제 유형으로, 의(疑)는 사서(四書) 가운데 의심스러운 대목의 글 뜻을 설명하고, 의(義)는 오경(五經)의 글 뜻을 해석한다. 곧 사서의(四書疑)와 오경의(五經義)다.

려문駢儷文의 길에서 기운을 다 소진하고 나서는 천하의 책을 몽땅 묶어 두어 "볼만한 것이 없다"고 말하니 이것은 공령문功令文 짓는 자들이 자기를 기만하는 행위입니다.

아버지를 아버지라 부르지 못하는 자가 있고, 형을 형이라 부르지 못하는 자가 있습니다. 또 사촌간의 친지를 종으로 부리는 자가 있고, 머리가 허옇고 검버섯이 돋은 노인이 머리 땋은 아이의 아랫자리에 끼어 있는 경우도 있습니다. 할아버지나 아버지 항렬의 어른에게 절을 하기는커녕 손자뻘 조카뻘 되는 어린 자가 어른을 꾸짖는 일도 있습니다. 그럼에도 불구하고 오히려 우쭐대며 천하를 야만족이라 무시하며 자기야말로 예의를 지켜 중화의 문화를 간직하고 있다고 자부합니다. 이것은 우리 풍속이 자기를 기만하는 행위입니다.

사대부는 국가에서 만든 것입니다. 그러나 국법이 사대부에게는 적용되지 않으니 이것이 자기를 피폐케 하는 것이 아닙니까? 과거科擧란 인재를 취하는 도구입니다. 그런데 인재의 선택이 과거로 인해 망가지니 이것이 자기를 피폐케 하는 것이 아닙니까? 서원을 설립하여 선현先賢의 제사를 받드는 것은 선비를 숭상하기 위한 의도에서 나왔습니다. 그런데 부역에서 도망하는 장정과 금주禁酒를 빚는 자들이 숨어 지내는 소굴이 되고 있으니 이것이 자기를 피폐케 하는 것이 아닙니까?

국가가 위에서 말씀드린 네 가지 기만(四欺)과 세 가지 폐단(三弊)을 유형에 따라 분석하여 그 잘못된 관행을 척결하고 무지한 자들을 가르쳐 깨우치도록 하십시오. 그렇게 한다면 나라를 다스리는 일이 절반은 성공한 셈입니다.

오늘날 나라에서는 아전의 견해만을 채택하고, 선비들이 광대의 짓거리를 행하며, 남자들이 아낙네의 풍속을 따라하고 있는데 그 관습이 여전히 고쳐지지 않고 있습니다. 저속한 자가 현명한 자보다 수가 많으면 저속한 자가 승리를 거두고, 아전이 관장官長보다 수가 많으면 아전이 이기는 법입니다. 그래서 나라에서 아전의 견해만을 채택한다고 말했습니다. 과거에 급제한 첫날부터 얼굴에 먹칠을 하고 펄쩍펄쩍 뛰며 춤추는 짓거리를 행하는데 이것이 광대짓이 아니겠습니까?[2] 아낙네가 몽골 복장을 입고서 의젓한 체 집안에서 음식을 장만하는데도 무엇이 잘못인지조차 깨닫지 못하니 이것이 아낙네 풍속이 아니겠습니까?

세 가지 일이 시급하게 해결할 시무時務는 아닙니다. 그러나 서로 깊이 연관된 일로써 나라의 기풍이 진작되지 못한 현실을 보여 줍니다. 풍속에 얽매이지 않은 기이하고 훌륭한 선비를 거둬서 아전들의 기세를 말끔히 씻어 버리고, 선비의 광대짓거리를 혁신하여 겸손하게 읍을 하는 예절로 바꾸고, 아낙네의 몽골 복장을 버리고 대신 예법에 맞는 의복을 입게 하기를 진심으로 바랍니다. 이것이 나

---

2 조선 시대에는 과거에 합격하거나 벼슬에 새로 임명된 신래(新來) 곧 신참자에게 혹독한 신고식을 치르는 관습을 면신례(免新禮) 또는 창신래(唱新來)라 했는데 이 폐단을 지적한 것이다.

라의 기풍을 진작하는 하나의 방법일 것입니다.

국가를 잘 다스리는 사람은 근본을 맑게 하는 데 힘쓸 뿐 지엽적인 것을 건드리지 않습니다. 그 결과 행한 일이 간단해도 거둔 성과는 거창합니다. 현재 국사를 논하는 사람들 중에는 사치가 날로 심해진다고 말하지 않는 자가 없습니다. 신의 관점으로는 그들은 근본을 모르는 자들입니다. 다른 나라는 정말 사치로 인해 망한다고 해야겠지만 우리나라는 반드시 검소함으로 인해 쇠퇴하게 될 것입니다. 왜 그렇겠습니까?

화려한 비단옷을 입지 않으므로 나라에는 비단을 짜는 베틀이 존재하지 않습니다. 그렇다보니 여인의 기능이 피폐해졌습니다. 노래하고 악기 연주하는 것을 숭상하지 않기 때문에 오음五音과 육율六律이 화음을 이루지 못합니다. 부서져 물이 새는 배를 타고, 목욕을 시키지 않은 말을 타며, 이지러진 그릇에 밥을 담아 먹고, 진흙을 바른 방에 그대로 살기 때문에 공장工匠과 목축과 도공의 기술이 끊어졌습니다.

더 나아가 농업은 황폐해져 농사짓는 방법이 형편없고, 상업을 박대하므로 상업 자체가 실종되었습니다. 사농공상士農工商 네 부류의 백성이 누구 할 것 없이 다 곤궁하게 살기 때문에 서로를 구제할 방도가 없습니다. 저 가난한 백성들은 아무리 날마다 채찍질을 해대며 사치하라고 몰아쳐도 아마 그렇게 못할 것입니다.

현재 나라의 의식을 거행하는 대궐의 큰 뜰에서 바닥에 거적때기를 깔고 있고, 동궐東闕(창덕궁)과 서궐西闕(경희궁)의 대궐에서 궁문을 지키는 수비병은 무명옷을 입고 새끼줄 허리띠를 띠고서 서 있습니다. 신은 정말 그런 꼴을 부끄럽게 생각합니다.

그런 꼴은 생각하지 않고 도리어 여항閭巷의 백성들이 높여 세운 대문이나 부수고, 시장에서 가죽신과 적삼을 착용한 백성이나 잡으려 하고, 마졸馬卒이 귀덮개를 하는 행위나 걱정하고 있습니다. 지엽 말단의 일이 왜 아니겠습니까?

군왕의 어제御製를 받들어 쓰는 사자관寫字官에게 육서六書를 한 달 가르치면 글씨를 잘못 쓰는 일이 많이 줄어들 것입니다. 그렇게 하지 않고 잘못 쓴 자획을 따로 바로잡으려 한다면 글씨를 잘못 쓴 사자관은 종신토록 자기가 무엇을 잘못 쓰는지 모르고, 교정을 맡은 신臣은 그 글씨를 일일이 바로잡을 겨를이 없습니다. 이 사례를 미루어 볼 때 우리나라에는 점검할 일이 매우 많다고 하겠습니다.

동이루東二樓(규장각의 부속 건물)를 건축할 당시 호조戶曹에서 일당 300전錢을 주고 30명의 인부를 고용했습니다. 능력도 없으면서 그 인원수에 들어간 인부가 있어 그늘을 찾아다니며 낮잠이나 자고 있었습니다. 계사計士(호조에서 회계 실무를 맡아 보던 종8품 벼슬)가 열 번에 걸쳐 종이에 써서 고발했더니 호조의 낭관郞官이 비용의 절반을 삭감하고 그 뒤에 수결手決을 쓰기를 "비용이 새는 것을 막았다"라고 했습니다. 이것은 다섯 장의 종이를 살피기는 했지만 이미 9천 전錢의 국고를 잃어버린 것입니다. 이 사례로 미루어 볼 때 국가 재용財

用의 근원이 어떠한지를 따져 볼 만합니다.

의정부議政府에서 호령할 때에는 이삼십 명의 노비가 손을 맞잡고 발을 구르며 소리 높이 외쳐서 그 소리가 몇 리 너머까지 들립니다. 이렇게 하지 않으면 백관百官에게 위엄을 세울 수 없다고 여깁니다. 반면 병조에서는 낭관이 채찍을 잡고서 소리 내는 것을 금지합니다. 이 사례로 미루어 볼 때 국가 법령이 서로 모순되는 것을 일일이 세어 볼 수 있습니다.

나라 전체의 일을 어떻게 일일이 다 말할 수 있겠습니까? 하지만 작은 일을 가지고 큰 일을 인식할 수 있습니다. 바라건대 전하께서 천근한 말을 잘 살피는 순舜임금 같은 총명을 발휘하시어[3] 순서에 따라 국사를 처리하시고, 아무리 작은 재물이라도 절약하시며, 상호 모순되는 정치와 법령을 융화시켜 주십시오. 그렇게 한다면 "국가의 근본을 맑게 하자 거둔 성과는 크다"라는 제 말씀을 확인할 수 있을 것입니다.

지금 신이 말씀드린 것은 모두가 세상 사람이 해괴하다고 여길 일뿐입니다. 그렇지만 이를 10년 동안 행한다면 온 나라의 세금을 감면할 수 있고, 만조백관의 녹봉을 증액할 수 있을 것입니다. 또 초가집과 거적때기를 친 대문이 붉은 다락에 화려한 문으로 바뀌고,

---

3  『중용』에 "순임금께서는 질문하기를 좋아하시고 천근한 말을 살피기를 좋아하셨다"라는 구절이 있다.

도보로 걷고 물을 건너기를 걱정하는 자들이 가볍고 튼튼한 말이 끄는 수레를 탈 수 있을 것입니다. 예전에는 나라의 안녕을 해치던 일이 이제는 나라에 상서로움을 불러들이고, 예전에는 자기를 기만하고 스스로를 피폐케 하던 것이 씻은 듯 얼음 녹듯 풀릴 것입니다.

그렇게 된 다음에 경복궁을 다시 짓고, 경회루를 신축하며, 의정부와 육조를 예전의 규모로 회복하십시오. 뿐만 아니라 나라 안의 사대부와 더불어 치소徵招 각소角招와 같은 음악을 즐기십시오. 잠시 고생을 하겠지만 영원토록 안락을 누릴 것입니다. 그럼으로써 우리나라 선왕先王의 법도와 문화를 밝히고, 우리 세자世子에게 억만년토록 무궁할 터전을 마련해 주십시오. 이것이 어찌 아름다운 일이 아니겠습니까?

만나기 어려운 것은 성인다운 군주이고, 놓쳐선 안 될 것은 좋은 시절입니다. 현재 천하는 동쪽으로는 일본으로부터, 서쪽으로는 서장西藏(티베트), 남쪽으로는 과왜瓜哇(자바섬), 북쪽으로는 할하喀爾喀(외몽골 지역의 중심부)에 이르기까지 전쟁 먼지가 일지 않은 지 거의 200년입니다. 지난 역사에는 없던 일입니다. 이 천재일우의 기회에 온힘을 다하여 우리의 국력을 닦지 않는다면 다른 나라에 변고라도 발생할 때 우리도 함께 우환이 발생할 것입니다. 그렇게 된다면 직책을 맡은 신하가 태평성대를 아름답게 꾸밀 겨를이 없을 것입니다. 신은 그것을 염려합니다.

지금 전하께서는 천지를 경륜할 위대하고도 놀라운 학문을 소유하시고, 예악禮樂을 제정하는 재능을 겸비하셨습니다. 강건한 제왕의 위엄을 떨쳐 발휘하신다면 세우지 못할 공이 무엇이 있겠으며, 구하여 얻지 못할 것이 무엇이 있겠습니까? 그런데 도리어 조회를 하시는 중에 탄식을 토하시고 뜻대로 다스려지지 않는다 한숨을 쉬시며, 두려워하면서 할까 말까 망설이신 지가 10년이라는 오랜 세월이 흘렀습니다. 현재의 풍속을 따라 나라를 다스려 미봉책으로 메꿔 나가면서 조금 평안한 상태에 만족하여 안주하시렵니까?

한나라의 신공申公은 "정치를 행하는 자의 능력은 말을 많이 하는 데 달려 있지 않다. 힘써 행하느냐의 여부에 달려 있을 뿐이다"라고 했습니다. 실천에 옮긴다면 근일의 상소문이 지당한 말 아닌 것이 없을 테지만 실천에 옮기지 않는다면 오늘날 조정 뜰을 가득 메운 진언이, 나오면 나올수록 새로운 내용이 많음에도 불구하고 겉치레가 번드르한 글에 불과할 것입니다.

신은 오래도록 독서하기를 폐한지라 소견이 꽉 막혀서 다루어야 할 내용을 빠트리고 버둥거리며 응대應對를 잘하지 못했습니다. 전하께서 신의 우매한 충성심을 혜량惠諒하시어 하고 싶은 말을 다 마치도록 특별히 하루의 휴가를 내려 주시고 제 글을 받아쓸 사람 열 명을 대 주시면 삼가 폐부에 담긴 생각을 모두 쏟아 내 말씀드리겠습니다. 신의 말이 전하의 위엄을 모독하지 않았는가 염려스럽고 두렵습니다. 신은 죽을죄를 무릅쓰고 삼가 말씀 올립니다.

# 『북학의』를 임금님께 올리며

應旨進北學議疏

　　엎드려 올립니다. 신은 지난 해 12월에 반포된, 농사를 장려하고 농서農書를 구한다는 윤음綸音을 엎드린 채로 받아 보았습니다.[1] 신은 고을의 노인 및 인사 들과 함께 두 손을 모아 받들어 읽고서 차례로 전해 가며 읽어 보도록 했습니다. 그 가운데 글을 모르는 자들이 있어서 윤음의 뜻을 풀이해 주자 서로들 기쁨에 차서 성상을 찬미하느라 손과 발이 저절로 움직여 덩실덩실 춤이 나오는 것조차 모를 지경이었습니다. 그리고 나자 뒤를 이어 한숨이 자연스럽게 흘러나왔습니다. 두렵게도 평소에 쌓아 둔 지식이 전혀 없어 농서를 바치라는 훌륭한 명령을 받들어 완수할 능력이 없기 때문입니다.

---

1　정조는 치세 22년인 1798년 11월 30일에 「농사 행정을 권하고 농서를 구하는 윤음」(勸農政求農書綸音)을 한문과 한글로 반포했다.

그러나 신이 엎드려 생각해 보니 인간 만사와 만물에는 심오한 의리가 담겨 있지 않은 것이 없습니다. 더구나 하늘이 좋은 곡식을 내려 주어 우리 백성들을 먹게 하는 농사야말로 그 일이 대단히 중요하고, 그 이치가 대단히 깊습니다. 따라서 남에게 부림을 당하는 사람이나 어리석기 짝이 없는 무리에게 모조리 맡겨 두고 그들이 거둔 엉성하고 형편없는 결과를 무턱대고 받아먹기만 해서야 되겠습니까? 아무래도 적임자를 찾아서 농사에 관한 정책을 맡겨야 한다고 생각했습니다.

지금 우리 성상께서는 농사에 가진 힘을 다한 위대한 우禹임금의 행적을 사모하시고, 농업을 분명히 밝힌 주공周公의 옛일을 본받으셔서 굶주리거나 추위에 떠는 우리 백성이 없도록 하는 것을 가장 앞세워야 할 제왕의 정책으로 삼고 계십니다. 수만에서 수십만에 이르는 많은 백성들이 그 혜택과 복록을 다 함께 누리는 일은 시간이 지나면 찾아올 일에 불과합니다.

신이 주제넘게 수령의 직책을 맡은 지 어느새 3년이 흘렀습니다 (1797년 9월 영평현령에 제수됨). 신이 맡은 지방에서도 치적을 거두지 못한 처지이기는 합니다만, 나라를 걱정하는 충정만은 천하의 그 누구보다도 앞선다고 자부합니다. 신이 산골 백성들이 사는 모습을 보면 화전을 일구고 나무를 하느라 열 손가락 모두 뭉툭하게 못이 박혀 있습니다. 그럼에도 입고 있는 옷이라곤 10년 묵은 해진 솜옷에 불과하고, 집이라곤 허리를 구부정하게 구부리고서야 들어갈 수 있는 움막에 지나지 않습니다. 방 안에는 불 땐 연기가 가득하고 벽은 바르지도 않았습니다. 먹는 것이라곤 깨진 주발에 담긴 밥과 간도 하지 않은 나물뿐입니다. 부엌에는 나무젓가락만 달랑 놓여 있고, 아궁이 앞에는 질항아리 하나가 놓여 있을 뿐입니다.

그렇게 사는 연유를 물어보았습니다. 무쇠솥과 놋수저는 이정里正에게 몇 번이나 뺏겨 벌써 꿔다 먹은 곡식 대금으로 납부되었다고 했습니다. 어떤 부역을 지는지 물었더니 남의 집 노비가 아니라서 군보軍保(정규군을 지원하기 위해 세금을 내는 장정)의 신역身役을 지기 때문에 250전錢 내지 260전을 관아에 납부한다고 했습니다. 국가의 경비가 바로 그들로부터 나옵니다. 그 말을 듣고서 참담한 마음을 금하지 못하고, 베짜기는 걱정하지 않고 주제넘게 나라를 걱정하는 먼 옛날의 과부마냥 탄식이 흘러나왔습니다. 현재의 법을 바꾸지 않는다면 현재의 풍속 아래에서 하루아침도 살 수 없다고 생각하게 되었습니다.

제가 맡은 고을 하나만 그런 실정이 아니라 모든 고을이 다 마찬가지이고, 나아가 온 나라가 모두 그 모양입니다. 이것이 바로 성상께서 분개하고 분발하여 한번 개혁할 것을 시도하여 이렇듯이 열성적이고 진지하게 책문策問을 내려 조언을 구하시는 이유입니다.

나라를 다스리는 것은 말을 기르는 것과 같아서 말에게 해가 되는 것을 제거하면 된다고 신은 들었습니다. 이제 농업을 장려하고자 하신다면 반드시 농업에 해를 끼치는 것을 먼저 제거하고 그다음 다른 조치를 논의해야 할 것입니다.

첫 번째로 선비를 도태시키는 일입니다. 현재의 상황으로 따져보면, 식년시式年試가 실시되는 해에는 소과小科와 대과大科를 치르느라 시험장에 나오는 자가 거의 10만 명을 넘습니다. 그렇다고 선비의 숫자가 10만 명 수준에 머무는 것은 아닙니다. 이들 무리의 부자父子와 형제들은 과거 시험에 응시하지 않았을 뿐이지 그들 또한 농업에 종사하지 않습니다. 농업에 종사하지 않는 데 그치지 않고 모두들 농민들을 머슴으로 부리는 자들입니다.

똑같은 백성이기는 하지만 부림을 받는 자와 부리는 자 사이에는 강자와 약자의 형세가 형성됩니다. 강자와 약자의 형세가 형성되고 나면 농업은 날로 경시되고 과거 시험은 날로 중시되게 마련입니다. 조금이라도 자신의 능력을 자부하는 자라면 다들 과거 시험에 매달리고, 그렇게 되면 어쩔 도리 없이 농사는 어리석기 짝이 없는 무리와 남에게 부림을 받는 머슴에게 맡겨질 뿐입니다.

사정이 이렇게 되자 처자식을 몰아다가 들판에서 농사를 짓게 합니다. 소 먹이고 밭을 경작하는 일의 태반이 규중 아낙네 몫이고, 풀을 베고 방아 찧는 일이 모조리 아녀자의 책임입니다. 여자들이 농사에 매이다 보니 외진 고을의 작은 마을에서는 다듬이 소리가 거의 들리지 않아 온 나라 사람들이 입을 옷이 없어 몸을 가리지도 못할 지경입니다.

학자와 벼슬아치들이 지금 상황을 으레 그러려니 여기고 옛날부터 그랬던 줄로 알고 있습니다. 제가 당唐나라 시인이 쓴 「밭에서 일하는 여인」(女耕田行)이란 시를 살펴보니 안녹산安祿山의 난리가 난 뒤의 상황을 탄식한 내용이었습니다. 지금은 평화시대가 100년을 이어 왔으니 아낙네가 밭에서 일하는 상황은 참으로 이웃나라에 소문나게 해서는 안 될 일입니다.

선비가 농사에 방해가 된다고 해서 이렇게 말하겠습니까? 실상은 선비는 농사를 망치는 가장 심각한 존재입니다. 이 무리들이 나라 인구의 과반수를 차지한 지 지금 100년이 되었습니다. 이제 날마다 불어나는 선비를 도태시키지는 않고 반대로 날마다 힘을 잃어 가는 농부만을 꾸짖어 "어째서 너희들은 힘을 다 쏟지 않느냐?"라 하고 있습니다. 조정에서 날마다 천 가지 공문을 띄우고 고을 관리들이 날마다 만 마디 말로 권장해 봐도 한 바가지의 물로 수레 가득한 땔감의 불을 끄는 꼴입니다. 제아무리 노력한다고 한들 아무런 보탬도 없을 것입니다.

두 번째는 수레를 통행시키는 일입니다. 작고한 정승 김육金堉은 한평생 오로지 수레와 화폐 두 가지 문제를 해결하는 것을 고민했습니다. 화폐를 처음 통용시키고자 할 때 여러 갈래로 논의가 나뉘어 거의 중지될 뻔하다 겨우 시행되었습니다. 신의 종고조從高祖인 신臣 박수진朴守眞이 그 업무를 실제로 주관했습니다. 만약 지금 수레를 통행시킨다면 10년 안에 백성들이 수레를 좋아함이 화폐를 선호하는 수준에서 그치지 않을 것입니다. 이야말로 "백성들이 일을 하도록 만드는 것은 좋지만 그들이 잘 알도록 이해시키는 것은 안 된다"
(『논어』)는 격이고, "이뤄 놓은 것을 함께 즐길 수는 있어도 처음부터
고민을 함께할 수는 없다"(『사기』)는 격입니다.

농사는 비유하자면 물과 곡식이고, 수레는 비유하자면 혈맥血脈
입니다. 혈맥이 통하지 않으면 살지고 윤기가 흐를 도리가 없습니
다. 『의서도인』醫書導引에 따르면, 약의 이름에 하거河車(탯줄)란 것이
있는데 이러한 뜻을 담고 있습니다. 수레와 화폐는 농사에 직접 관
련되지는 않지만 농사에 도움을 주므로 나라를 경영하는 사람이라
면 반드시 급선무로 삼아야 합니다.

우리나라의 경우 아무 쓸모없는 유생이 옛날에는 없었는데 지금
은 넘쳐나고, 쓸모 있는 수레가 옛날에는 있었으나 지금은 없습니
다. 이렇게 극단적으로 이해가 상반되기에 이르렀으니 백성들의 초
췌한 꼴이 참으로 괴이할 것이 없습니다.

사람들은 풍속을 갑자기 바꾸지 못하므로 현재의 농업에 바탕을
두어 개선하자고 말할 것이 분명합니다. 쓸데없는 말만 늘어놓을 필
요 없이 시험해 보면 그만입니다. 먼저 중국의 요양遼陽에서 각종 농
기구를 사와서 서울에 대장간을 개설하고 법식法式에 맞추어 농기
구를 단련하여 만듭니다. 쇠가 생산되는 먼 고을에 속관을 파견하여
나누어 만들게 합니다. 그렇게 하여 이익을 거두고 농기구 제조 방
법을 확산시킵니다.

농사법을 시험할 경작지는 면적을 따질 것 없이 서울 근처에 마

련합니다. 작게는 100묘畝(1묘는 30평 내외)에서 많게는 100경頃(1경은 100묘) 정도의 면적으로 둔전屯田을 설치합니다. 농사를 잘 아는 전문가 한 명을 한대漢代의 수속도위搜粟都尉처럼 선발하여 주관하게 합니다. 따로 농사꾼 수십 명을 뽑아서 후한 녹봉을 주어 전문가 한 명의 지휘를 따르게 합니다. 가을이 되어 곡식을 수확하여 한 해 농사의 잘잘못을 비교해 봅니다. 한 해 두 해 시험해 보면 반드시 효과가 나타날 것입니다.

그다음 여러 도에 훈련을 거친 농사꾼을 나누어 파견하여 한 명이 열 명에게 기술을 전파하게 하고, 열 명이 100명의 농사꾼에게 전파하게 합니다. 10년을 넘지 않아서 풍속을 변화시킬 것입니다. 이 계획을 시행하는 초기에는 비용의 지출 또한 만만치 않을 것입니다만 몇 년 안에 그 비용을 충분히 보상받을 것입니다. 게다가 성과가 멀리까지 파급된다면 그 정도 비용쯤이야 군이 따질 필요조차 없을 것입니다.

신은 일찍이 선정신先正臣 이이李珥가 10만 명의 군사를 미리 양성하자고 한 유지遺志를 되살려 경성京城에 30만 섬의 쌀을 비축함으로써 나라의 근본을 튼튼하게 할 계획을 짜 본 적이 있습니다. 그 대강을 말씀드리면, 선박을 개선하여 조운漕運을 강화하는 것, 수레를 통행시켜 육로의 수송을 강화하는 것, 둔전을 시행하여 농업 기술을 교육하는 것으로 요약할 수 있습니다.

생각해 보면, 경성의 민호民戶 4, 5만이 먹을 식량과 만조백관 및 군사의 녹봉에 충당할 곡식은 모두 삼남三南에서 해운으로 공급되는 10여만 섬의 곡식에 기대고 있습니다. 사사로이 자기들이 먹으려고 저장해 놓는 것을 제외한다 해도 반드시 20만 명이 여러 달 동안 먹을 양식을 비축해야만 다급한 사태가 발생하더라도 지탱할 수가 있습니다.

우리나라는 배를 건조하는 기술이 엉성하고 서툴러서 실은 물건이 상하는 경우가 많습니다. 그러니 바다에 출항하는 배를 잘 만드는 중국의 제도를 반드시 배워야 합니다. 그런 뒤에 연해의 곡식을 조운으로 수송하여 한강까지 도달하도록 합니다.

조운 수송을 늘린다 해도 충분하지 못하므로 또 반드시 육로로도 수송해야 합니다. 그런데 육로로 수송할 때에는 인부가 어깨로 짐을 져 나르거나 말등에 실어서 운반할 수는 없습니다. 그렇다면 수레를 통행시키는 것 외에는 방법이 없습니다.

수레가 통행된다 하더라도 사사로운 곡식까지 다 수송할 수는 없습니다. 그러므로 모름지기 둔전을 설치해야 합니다. 둔전을 설치하여 옛 둔전 제도에 따라 운용한다면 들이는 노력은 절반에 불과하지만 그 효과는 곱절이 될 것이니 30만 섬의 곡식은 군이 가져오려고 애쓰지 않아도 저절로 이를 것입니다.

옛날 송나라에는 심태평암心太平菴이란 호를 가진 사람이 있고,[2]

---

2  심태평암이란 호를 가진 사람은 육유(陸游, 1125~1209)이다. 육유의 시 「심태평암

명나라에는 「장취원기」將就園記라는 글을 쓴 사람이 있습니다.[3] 이 둘의 호와 글은 모두 그렇게 되기를 바란 뜻에서 쓴 것이지 실제 그렇다는 것은 아닙니다. 저들은 모두 낮은 자리에 처하여 뜻을 펴지 못했기 때문에 그런 호와 글을 지음으로써 그렇게 되기를 바랐던 것입니다.

그러나 우리 전하께서는 제왕의 지위에 오르셔서 백성들을 흡족하게 통치하고 계십니다. 정사를 바르고 곧게 하며, 높은 지위에 있는 자나 낮은 백성들에게 모두 마음을 쓰시니 어찌 말로만 하고 마는 분이겠습니까?

신은 농사를 맡은 목민관입니다. 제가 드린 말씀은 모두 농사에 직접 종사한 바탕 위에서 논의했습니다. 그 밖의 무예의 연마, 문치文治의 정비, 교화敎化의 시행, 예악禮樂의 강구와 같은 사항은 감히 제가 다루지 못했습니다.

제가 원하는 바는 이 고을의 백성이 편안히 살면서 자기 생업에 즐겁게 종사하고, 봇도랑과 밭도랑을 제도에 맞게 수리하고, 가옥을

시」(心太平庵詩)와 「독학」(獨學)에 "몸은 한가하고 마음은 태평하다"(身閑心太平)는 구절이 나오는데 육유는 이를 가지고 그의 서재 이름으로 삼았다.

3  황주성(黃周星, 1611~1680)이 지은 글이다. 그는 적응하지 못하는 현실에서 남과 타협하기를 거부하고 자신만의 이상적인 삶의 공간으로 장취원(將就園)을 상상하여 설계했다. 상상의 공간인 장취원은 장원(將園)과 취원(就園)의 2개 권역으로 구분되어 웅장한 공간으로 계획되었다. 이 글은 장조(張潮)가 편집한 『소대총서』(昭代叢書)에 수록되어 수입되었고, 18세기 이후 지식인들에게 널리 읽혔다.

깨끗하게 정비하고, 백성들의 용모가 단정하고, 말에 신의가 있으며, 기물과 의복이 견고하고 단정하며, 수목이 무성하게 자라며, 가축이 잘 번식하는 것에 불과합니다.

남녀가 나태하지 않아 제각기 자기 일에 열심히 종사하고, 공인과 상인이 모여들며, 도적들이 사라지고, 교량과 객사客舍 및 변소에 이르기까지 깨끗하게 짓고 수리하며, 산과 강에서 사냥을 하고, 배와 수레를 통행시키고, 어린아이들은 병들지 않고, 늙은이들은 태평을 구가하는 것들은 모두 근본을 다지고 농업에 힘쓴 효과로서 집집마다 넉넉하고 사람마다 풍족한 이후에야 가능한 것입니다. 모든 것이 중도를 얻고 화합하며 천지가 제자리를 찾고 만물이 잘 번식하는 일 역시 이런 정도를 벗어나지 않을 것입니다.

한 개의 현縣이 이와 같이 되면 자연스럽게 온 나라가 이와 같이 되어 풀이 바람에 쏠려 쓰러지고 역말이 소식을 전하듯이 그 효과가 빠를 것입니다. 신은 아침에 이러한 결과를 보고서 저녁에 죽는다 해도 아무 유감이 없습니다.

신은 젊어서 북경 여행을 한 이래로 중국의 일에 대해 즐겨 말해 왔습니다. 우리나라 인사들은 오늘날의 중국은 과거의 중국이 아니라고 생각하면서 서로 모여서 비난하고 비웃기를 너무 심하게 합니다. 그런데 이제 제가 올린 진언은 전부터 저들이 비난하고 비웃는 한두 가지에서 벗어나는 것이 아닙니다. 또다시 신이 망발을 하고 있다는 비난을 자초하고 있습니다만 이것을 제외하곤 제가 드릴 말

쓸이 없습니다.

보잘것없는 자의 의견이라도 채택하겠다는 참으로 분에 넘치는 성상의 은혜를 입고 보니 천박한 식견의 사견私見이나마 감히 숨길 수가 없었습니다. 삼가 제가 지은 논설과 차기箚記를 기록하여 27개 항목에 49개 조를 얻고는 『북학의』라 이름을 지었습니다. 숭고하고 지엄한 성상을 모독한 일이오나 살펴 채택하시기를 바라옵니다.

신은 두목杜牧과 같은 재주가 없으므로 칭찬받을 만한 「죄언」罪言 같은 글도 짓지 못했고,[4] 왕통王通에 비하면 부끄러울 정도의 학문이라 그에 비길 만한 책략을 감히 올리기 어렵습니다.[5] 신은 황공하고 두려운 마음을 이기지 못하오며 삼가 죽음을 무릅쓰고 글을 올립니다.

---

4　두목(803~852)은 당의 시인이자 정치가. 834년 두목이 회남절도사(淮南節度使) 우승유(牛僧孺)의 서기(書記)로 근무할 때 국가의 실책을 따진 「죄언」을 지었다. 국가의 중대사를 직책도 맡지 않은 하급 관료가 말하는 것 자체가 죄가 된다 하여 글의 이름을 「죄언」이라 했다. 두목의 대표적인 경세문자(經世文字)이다.

5　왕통은 수(隋)나라 때의 학자이다. 왕통은 대궐에 나아가 태평성대를 이룰 12개의 책략을 바쳤으나 황제가 받아들이지 않았다. 그래서 분음(汾陰)에 은거하며 학생을 가르쳤는데 제자들이 사방에서 몰려왔다.

2장

# 북학의 논리

# 북학밖에는 길이 없다

『북학의』 외편은 북학에 관한 원론적 주장을 담은 글 위주로 구성되어 있다. 이 장에서는 그런 외편의 글을 중심으로 엮고, 내편에서 그와 유사한 성격을 지닌 「중국어」, 「통역」, 「골동품과 서화」 세 편을 수록했다.

외편에 실린 글은 대부분 전통적 문장에서 논변류論辨類에 속하는 논論, 변辨, 의議의 문체이다. 문체의 명칭만 봐도 사실의 옳고 그름을 따지고 작가의 생각을 강하게 주장하는 성격의 글임을 알 수 있다. 실제로 한 편 한 편의 글이 특정한 주제에 대해 논리를 선명하게 갖춰 논지를 정연하게 전개했다. 여러 가지 주제를 놓고 주장을 펼친 짧고 완결된 논문에 해당한다. 북학에 대한 박제가의 학문적 방향과 이론적 깊이가 글에서 드러난다.

본래 『북학의』는 내편이 먼저 쓰였다. 외편의 글은 「자서」가 쓰인 1778년 이후 3, 4년 사이에 대부분 완성되었다. 일부의 글, 예컨대 문집에 「시학론」詩學論으로 실린 「북학변 3」과 같은 글은 1780년 이후 검서관으로 재직할 때 쓰였다. 대체로 북학의 논리를 마련하는 이론적 작업은 실제적 현황을 파악하고 실천적 대안을 마련한 이후에 진행했다. 따라서 박제가의 북학론은 귀납적 방법에 의해 형성되었다고 볼 수 있다.

북학의 논리는 대략 다섯 가지 주제로 정리해 볼 수 있다.

첫째, 중국은 오랑캐라는 미망迷妄에서 깨어나 그들의 발달한 문화와 기술을 배워 부국강병을 이루자는 주장이다. 「존주론」과 세 편의 「북학변」이 여기에 해당한다. 조선은 여진족에게 굴욕적으로 항복한 병자호란의 치욕을 겪은 뒤 청나라를 오랑캐라고 비하하며 무시하고, 조선이야말로 유일한 문명국인 소중화小中華라고 으스댔다. 박제가는 그 태도가 실체 없는 허구이자 소아병적 태도임을 여러 측면에서 입증하면서 일종의 정신적 승리에 불과하다고 비판했다. 치욕의 진정한 극복은 국력과 문명의 실상을 냉철하게 인식하여 중국이 보유한 선진 기술과 문명을 배워 부국강병을 이룬 다음에야 실현할 수 있다고 보았다.

둘째, 문제는 경제와 통상에 있다는 주장이다. 부국강병을 이루고 백성들이 윤택하게 살기 위해서는 경제를 살리고 외국과의 통상이 촉진되어야 한다고 주장했다. 「재부론」, 「강남 절강 상선과 통상하는 문제에 대한 논의」, 「농업과 잠업에 대한 총론」이 여기에 해당한다. 박제가는 국가 정책에서 경제 우선주의를 강력하게 주장했다. 경제를 발전시키기 위한 여러 방안을 제시했는데, 외국과 활발하게 통상하고, 적극적으로 외국의 선진적 기술을 배워 옴으로써 국제적 고립에서 벗어나 문명개화하는 방안을 최우선에 놓았다.

셋째, 불합리한 제도와 풍속의 개혁을 촉구했다. 「군사를 논한다」에서는 형식만 남아 있는 의무병 제도를 개혁하여 직업군인 제도로 바꾸자고 제안했고, 무기와 기술 개발, 군수품 조달에 주안점을 두어 논지를 펼치고 있다. 「관직과 녹봉」에서는 관료 제도를 개혁하고 관료의 생계를 보장하는 녹봉 제도를 확립하여 만성적 부패 구조를 뿌리 뽑자고 역설했다. 제도 개혁을 경제적 관점에서 풀어 가고 있다. 「풍수설과 장지」는 조선에 만연한 불합리한 제도와 사고의 전형적 사안으로 풍수설과 묘지 제도를 내세워 고질적 병폐의 혁신을 주장했다. 박제가의 경제 중심적 제도 개혁과 합리주의적 사상 구조를 잘 보여 준다.

넷째, 세 편의 과거론을 통해 박제가는 과거제도의 부패와 문제점을 분석하여 교육 제도와 인재 선발 제도의 개혁안을 제시했다.

그는 조선의 제도 중에서 과거제도를 가장 시급히 개혁할 것으로 보았다. 아무짝에도 쓸모없는 학문 내용, 부패한 선발 과정, 선발된 인재의 심각한 무능 등을 교육과 과거제도의 문제점으로 파악하고 개혁 없이는 사회 발전을 담당할 인재를 배양하고 선발할 수 없다고 진단했다.

다섯째, 「중국어」와 「통역」을 통해서 박제가는 외국의 선진 문물을 빠르게 받아들이기 위해 중국어를 비롯한 외국어 교육의 필요성을 강하게 제기했다. 외국어를 습득하지 않아 고립과 고루함을 자초한다고 보고 더 빠른 문물의 수입을 위해 중국어를 공용어로 사용하자는 급진적 주장까지 내놓았다. 「골동품과 서화」에서는 효율성의 제고, 기술 발달, 물질의 탐닉만이 능사가 아니라 예술 활동이나 교양 있는 품위를 통해 인간다운 삶을 향유하는 것이 진정한 문명인이라는 생각을 펼치고 있다.

박제가의 북학론은 여러 가지 주제에 걸쳐 있다. 백성들이 잘 사는 부강한 나라를 만들기 위해 낡고 부패한 국가를 개조하는 기본 방향을 제시하고 있다. 그는 주장을 에둘러 표현하거나 암시하지 않는다. 글은 직선적이고 도전적이다.

# 북학의 필요성 존주론, 북학변 1·2·3

오규 소라이荻生徂徠는 시문 잘 지어 명성을 드날렸고
아와우미淡海의 다이덴大典 선사는 시회를 크게 열었네.
만력萬曆 연간에 중국과 수교를 논의한 이래
백 년 넘게 삼한三韓 땅과 문물을 교환했네.
일본의 번화함이 오랑캐 중 으뜸에나 그치랴?
그 제도가 주관周官의 수준임을 몹시 아낀다.
긴 노래로 『직방외기』職方外紀를 보완하고자 하나
서불徐市이 한번 간 후 천추에 소식 없다.

— 「일본 방야도芳埜圖 병풍의 노래」(『정유각집』 시집 2) 중에서

당대의 식자들은 청나라뿐만 아니라 일본에 대해서도 미개한 오랑캐라며 무시했다. 반면에 박제
가는 그것이 극단적 편견이며, 일본의 기술 수준과 문물제도가 매우 높은 수준이라 평가하고 배울
필요가 있다는 태도를 취했다.

# 존주론

尊周論

주周나라는 주나라이고, 오랑캐는 오랑캐이다. 주나라와 오랑캐 사이에는 차이가 엄연히 존재하므로 오랑캐가 주나라를 어지럽히기는 했어도 주나라의 옛 문물까지 함께 집어삼켰다는 말은 듣지 못했다. 우리나라가 명明나라를 신하처럼 섬긴 지가 200여 년이었다. 임진년(1592)에 왜란이 발생하여 종묘사직이 도성을 떠나 밖으로 떠돌았는데 그때 명나라 신종황제神宗皇帝가 천하의 병력을 동원하여 왜놈들을 국경 밖으로 몰아냈다. 그래서 우리나라의 백성은 털끝 하나 머리털 하나라도 나라를 다시 세워 준 황제의 은혜를 입지 않은 것이 없다. 불행히도 하늘이 무너지고 땅이 꺼지는 시대를 만나 천하 사람들이 변발辮髮을 하고 여진족의 옷을 입게 되었다. 그러자 중국을 높이고 오랑캐를 배척하는 『춘추』春秋의 의리를 지키자고 주장하는 사대부들이 여기저기에서 불쑥불쑥 나타났다. 그 늠름한 기풍과 매서운 지조가 여태껏 남아 지켜지고 있으니 참으로 훌륭하다고 하겠다.

　그러나 청나라가 천하를 차지한 지도 100여 년이 흘렀다. 중국에서는 자녀들이 태어나고 보석과 비단이 생산되며, 집을 짓고 배와 수레를 만들며 농사를 짓는 방법은 그대로 보존되고, 최씨崔氏, 노씨盧氏, 왕씨王氏, 사씨謝氏와 같은 명문 사대부 집안은 예전 그대로 번영을 누리고 있다. 중국 사람들까지도 깡그리 오랑캐로 몰아세우며, 중국이 지켜 온 법까지도 싸잡아 팽개친다면 그것은 너무도 옳지 못하다. 정녕코 백성에게 이익을 가져오는 것이라면 오랑캐로부터 나온 법이라 할지라도 성인은 채택할 것이다. 더구나 옛 중국 땅에서 나온 법이라면 말해 무엇 하랴?

　지금의 청나라가 오랑캐는 오랑캐이다. 오랑캐인 청나라는 중국을 차지하는 것이 이익이라는 사실을 잘 알기 때문에 빼앗아 차지했다. 그런데 우리나라는 빼앗은 주체가 오랑캐인 것만 알고 빼앗김을 당한 대상이 중국이라는 사실은 모른다. 그렇기에 청나라의 침략으로부터 자신을 지키지도 못했다. 이것은 벌써 명확하게 사실로 입증되었다.

　세상에서 전하는 말에, 정축년丁丑年 남한산성에서 나와 청에게 항복하고 맹약을 맺을 때 청나라 칸汗이 우리나라 사람들에게 여진족의 옷을 입히려고 하였다. 그러자 구왕九王[1]이 이렇게 간언했다.

---

1　구왕은 청 태조(淸太祖)의 제14자인 예충친왕(睿忠親王) 도르곤(多爾袞)의 별칭이다.

"조선은 요동과 심양에는 폐부肺腑에 해당하는 지역입니다. 이제 저들에게 의복을 똑같이 입게 하여 자유롭게 출입하도록 한다면 천하가 미처 평정되지 않은 지금 앞으로 일이 어떻게 전개될지 모릅니다. 차라리 예전대로 남겨 두는 것이 낫습니다. 이것은 저들을 구속하지 않고도 가둬 놓는 셈입니다."

그 말에 칸이 "좋은 생각이다!"라고 하며 그만두었다고 한다. 우리 입장으로 따지자면 그 계획을 그만둔 것이 다행스러운 일이기는 하다. 그러나 저들의 계획은 우리를 중국과 왕래하지 못하도록 막아서 자기들 이익을 추구한 데 불과하다.

먼 옛날 중국 조趙나라 무령왕武靈王은 오랑캐 의복으로 바꿔 입고서 결국은 동쪽 지역의 호족胡族을 대파했다.[2] 옛날의 영웅은 원수에게 반드시 보복하려는 의지를 세웠으면 오랑캐 의복을 입는 것쯤은 부끄럽게 여기지 않았다.

지금 중국의 법을 두고 "배울 만하다"라고 말하면 떼를 지어 일어나 비웃는다. 평범한 남자가 원수를 갚고자 할 때도 그 원수가 날카로운 칼을 찬 것을 보면 그 칼을 빼앗을 방법을 고민한다. 이제 당당한 하나의 국가로서 천하에 대의大義를 펼치려고 하는 상황에서 중국의 법 하나도 배우려 하지 않고, 중국의 학자 한 사람도 사귀려 들

---

2 무령왕은 전국시대 조(趙)나라의 왕으로 자신이 호복(胡服)으로 바꿔 입고 말 타고 활 쏘는 방법을 백성에게 가르쳐 치욕을 씻고 국토를 넓혔다. 『사기』의 「조세가」(趙世家)에 나온다.

지 않는다. 그 결과로 우리 백성을 고생만 실컷 시키고 아무런 공도 거두지 못하고, 궁핍에 찌들어 굶다가 저절로 쓰러지게 만든다. 그럼에도 불구하고 100곱절이나 되는 이익을 버리고 아무 것도 하지 않는다. 중국을 차지한 오랑캐를 물리치기는커녕 우리나라 안에 있는 오랑캐 풍속도 다 바꾸지 못할까봐 나는 걱정한다.

따라서 오늘날 사람들이 오랑캐를 물리치고자 한다면 차라리 누가 오랑캐인지를 먼저 분간해야 한다. 중국을 높이고자 한다면 차라리 저 청나라의 법을 더욱 존중하여 완전히 시행하는 것이 낫다. 다시 명나라를 위하여 원수를 갚고 우리가 당한 치욕을 씻고자 한다면, 20년 동안 힘써 중국을 배운 다음에 함께 머리를 맞대고 논의해도 늦지는 않을 것이다.

# 북학변 1

北學辨

        낮은 수준의 선비는 오곡五穀을 보고서 중국에도 이런 것이 있더냐고 묻고, 중간 수준의 선비는 중국의 문장이 우리만 못하다고 생각하며, 높은 수준의 선비는 중국에는 성리학이 없다고 말한다. 그들 말이 사실이라면 결과적으로 중국에는 아무 것도 없다는 말이 된다. "중국에는 배울 만한 것이 남아 있다"라고 내가 말했으나 실제로는 거의 없는 셈이다.

      그러나 천하는 넓다. 거기에 무엇이 없겠는가? 내가 거쳐 지나간 곳은 북경 일대의 한 모퉁이에 지나지 않고, 내가 만난 사람은 문학하는 선비 몇 명에 불과할 뿐, 도를 전하는 큰 학자를 본 것은 아니다. 그럼에도 불구하고 큰 학자가 절대로 없다는 말을 감히 꺼내지 못한다.

      천하의 하고많은 책을 다 읽지도 않고, 천하의 넓디넓은 대지를 다 밟아 보지도 않은 자들이 육롱기陸隴其, 이광지李光地의 성리학과 고정림顧亭林의 존주대의尊周大義, 주죽타朱竹陀의 박학博學, 왕어양王漁洋과 위숙자魏叔子[1]의 시문이 천하에 인정받는 사실을 모르면서 "도학道學이고 문장이고 하나같이 볼 게 없다"라고 단언해 버린다. 나아가 천하의 공론까지도 싸잡아서 불신한다. 오늘날 사람들이 도대체 무엇을 믿고 저러는지 나는 모르겠다.

책은 너무도 많고, 의리는 무궁하다. 따라서 중국 책을 읽지 않는 것은 제 자신을 일정한 틀에 가두는 짓이고, 천하를 모조리 오랑캐라고 매도하는 것은 남을 속이는 짓이다. 중국에 양명학陽明學이 존재하는 것은 사실이지만, 주자朱子의 적통嫡統 역시 그대로 남아 있다. 우리나라는 사람마다 정자程子와 주자를 말하여 온 나라에 이단이 전혀 없다. 양명학을 주장하는 사대부가 전혀 없는 것은 추구하는 목적이 하나로 집중되었기 때문이 아니겠는가? 사람들을 과거 시험으로 몰아가고, 풍기風氣로 옴짝달싹 못하게 묶어 놓았기 때문에 그와 같이 하지 않으면 자신은 몸을 붙일 곳이 없고, 자손을 보전하지 못한다. 이것이 바로 규모가 큰 중국보다 우리가 못한 이유이다. 우리가 가진 장기를 다 발휘한다고 해도 중국의 한 가지 일을 잘하는 것에 불과하다면, 저들과 비교하고 요모조모 따져 보는 것 자체가 벌써 제 능력을 전혀 헤아리지 못하는 행위일 것이다.

내가 북경에서 돌아왔더니 나라 안의 인사들이 문이 닳도록 찾아

---

1    이상 여섯 명은 명말청초(明末淸初)의 저명한 학자와 문인이다.

와 "저들의 풍속이 어떠한지 알고 싶다"라고 물었다. 나는 벌떡 일어나 이렇게 말했다.

"당신은 저 중국 비단을 보지 못했습니까? 꽃과 새와 용을 수놓은 무늬가 번쩍번쩍 살아 있는 듯, 지척에서도 형형색색 다른 모양으로 바뀝니다. 구경꾼들은 비단 짜는 기술이 이런 수준일 줄은 미처 생각도 못했을 겝니다. 우리나라에서 가로세로 얼기설기 짜 놓은 무명 옷감과 비교하면 어떻습니까? 그렇지 않은 물건이 없습니다. 물건만 그런 것이 아닙니다. 그들이 평상시 내뱉는 말이 바로 문자文字이고, 그들이 사는 집은 휘황찬란합니다. 다닐 때는 수레를 타고, 몸에서는 향기가 풍깁니다. 도읍과 성곽과 음악은 번화하고 화려하며, 무지개다리가 놓이고 푸른 가로수가 늘어진 거리를 덜컹덜컹 지나는 수레와 왁자지껄 오가는 인파는 그림 속에서 보는 풍경입니다. 부인들은 모두 예스러운 비녀를 꽂고 긴 옷을 입고 다니는데 멀리서 쳐다보면 우아하기 비할 데 없습니다. 짧은 저고리에 펑퍼짐한 치마를 입는 오늘날 우리네 여인들이 몽골의 의복제도를 여전히 따르는 실정과는 다릅니다."

이렇게 말하자 모두들 망연자실하여 내가 한 말을 곧이 믿으려 하지 않았다. 듣고 싶었던 말과는 딴판이라 모두들 실망하고 떠나며 내가 오랑캐 편을 든다는 눈치였다.

아아! 그들은 모두 앞으로 우리나라의 학문을 이끌고, 우리 백성을 다스릴 사람들이다. 그럼에도 불구하고 이렇게 완고하니 문화가 크게 발전하지 않는 오늘날의 현실이 이상할 것이 없다. 주자는 "의리를 아는 사람이 많기만을 바랄 뿐이다"라고 하셨다. 이 문제를 내가 따지지 않을 도리가 없다.

# 북학변 2

北學辨

    오늘날 사람들은 아교로 붙이고 옻칠을 한 속된 눈꺼풀을 달고 있어 아무리 애써도 떼어 낼 도리가 없다. 학문에는 학문의 눈꺼풀이, 문장에는 문장의 눈꺼풀이 단단하게 붙어 있다.

    큰 문제는 제쳐 두고 수레부터 말을 꺼내 보자. 수레를 사용하자고 하면 우리나라는 산이 험하고 물이 가로막혀 사용하지 못한다고 말한다. 산해관山海關(요동遼東의 관문)에 걸린 편액은 이사李斯[1]의 글씨로 10리 밖에서도 보인다고 우긴다.[2] 서양인은 초상화를 그릴 때 사람의 검은 눈동자를 즙으로 내어 눈동자를 찍기 때문에 서로 다른

---

1    이사(?~기원전 208)는 진(秦)나라의 장군이자 승상으로 천하를 통일하고 문자를 통일시켰다. 그는 글씨를 대전(大篆)에서 소전(小篆)으로 간략화시켰다. 서법사에서 매우 중요한 위상을 지니는 인물이다.

2    산해관의 성루 서쪽 위층 처마 밑에 실제로 '천하제일관'(天下第一關)이라고 적힌 대형 현판이 걸려 있다. 박제가가 지적하듯이 이 글씨는 명나라 헌종(憲宗) 때인 1471년 이곳 태생인 소현(蕭顯)이 썼다.

방향에서 봐도 눈이 마치 살아 있는 듯하다고 떠벌린다. 되놈은 부모의 생존 여부에 따라서 한 개 또는 두 개로 변발을 따는데 그것은 옛날의 머리 땋는 방법과 동일하다고 고집한다.

이것만이 아니다. 백성의 성씨를 황제가 낙점한다는 낭설도, 책을 진흙판(土板)으로 찍는다는 낭설도 떠돈다. 이 따위 소문이 너무 난무하여 낱낱이 들어 말할 수 없을 지경이다. 아주 친해서 나를 신뢰하는 사람일지라도 이 안건만은 나를 믿지 않고 저들의 말을 믿는다. 심지어 나를 잘 안다고 하면서 나를 존경한다고 늘 말하는 이들조차 그렇다. 이치에 닿지 않는 허황한 말을 풍문으로 접하고 나서는 마침내 내가 평소 말한 모든 것에 큰 의심을 품고 홀연히 나를 비방하는 자의 말을 믿어 버린다.

그들이 나를 믿지 못하고 다른 사람의 말을 믿는 까닭을 나는 명확하게 안다. 지금 우리나라 사람들은 '오랑캐'라는 글자로 천하의 모든 것을 말살하고 있다. 반면에 나만은 "중국의 풍속은 이렇기 때문에 너무나 좋다"고 말한다. 내 말은 그들이 기대하는 것과 너무나 다르다. 그렇기 때문에 그들은 나를 믿지 않는다.

내 생각을 무엇으로 입증해 보일까?

"중국 학자 중에도 퇴계退溪(이황李滉) 선생 같은 자가 있고, 문장가에는 간이簡易(최립崔岦) 선생 같은 자가 있으며, 명필에는 한석봉韓石峯(한호韓濩)보다 뛰어난 자가 있다"라고 시험 삼아 말해 보라! 그들은 반드시 발끈 성을 내고 낯빛을 바꾸며 대뜸 "어찌 그럴 리가 있겠

소?"라고 말하리라. 심한 경우에는 그런 말을 내뱉은 사람에게 죄주려 들 것이다.

이번에는 이렇게 말해 보라!

"만주 사람들은 말하는 것이 개 짖는 소리와 같고, 먹는 음식은 냄새가 나서 가까이하지 못한다. 심지어 뱀을 시루에 쪄서 씹어 먹고, 황제의 누이가 역졸과 바람을 피워 가남풍賈南風[3]이 했던 추잡한 소행이 곧잘 일어난다."

그들은 틀림없이 크게 기뻐하여 내가 한 말을 여기저기 전달하느라 여념이 없을 것이다. 내가 예전에 사람들에게 "내 눈으로 직접 확인하고 왔는데 그런 일이 전혀 없다"고 힘주어 주장한 적이 있었다. 그들은 끝내 석연치 않은 표정을 지으며 "아무개 역관譯官이 그렇게 말했다"고 했다. 그래서 내가 "자네가 아무개 역관과 친분이 깊다고 하지만 나보다 더 친하단 말인가?"라고 물었다. 그 말에 그 사람은 "그 역관과 친분이 깊지는 않지만 거짓말을 할 사람은 아닐세"라고 답했다. 나는 이렇게 대꾸하고 말았다.

"그렇다면 내가 거짓말을 했구려."

어짊을 추구하는 자는 모든 것을 어짊의 관점에서 보고, 지혜를 추구하는 자는 모든 것을 지혜의 기준으로 잰다고 한다. 정말 맞는

---

3 가남풍은 진 혜제(晉惠帝, 290~306)의 황후로 질투가 심하고 음탕했다. 민간의 미남자들을 몰래 궁궐로 끌어들여 사통한 후 죽이거나 내쫓는 짓을 자행했다.

말이다. 내가 여러 번 남들과 논쟁을 했는데 나를 비방하는 자가 제
법 많았다. 그래서 이 글을 써서 내 자신을 경계하고자 한다.

# 북학변 3
北學辨

우리나라에서는 송宋·금金·원元·명明 시대의 시를 모범으로 삼아 배운 자가 최상의 시인이고, 당시唐詩를 배운 자가 그다음 수준의 시인이며, 두보杜甫의 시를 배운 자가 최하 수준의 시인이다. 모범으로 삼아 배운 시의 수준이 높으면 높을수록 시인의 수준은 거꾸로 낮아진다. 그 이유가 대체 무엇일까?

두보를 배우는 자는 두보의 존재만 알 뿐 다른 시인은 쳐다보지도 않고 업신여긴다. 그래서 시를 쓰는 그의 솜씨는 갈수록 졸렬해진다. 당시를 배우는 자의 폐단도 마찬가지지만 그래도 두보를 배우는 자보다는 조금 낫다. 두보 이외에 왕유王維, 맹호연孟浩然, 위응물韋應物, 유종원柳宗元 따위의 수십 명 시인의 이름이 가슴속에 도사리고 있기 때문이다. 그 덕분에 뛰어넘으려고 애쓰지 않아도 두보만 배우는 자를 저절로 뛰어넘을 수 있다. 이 사실을 놓고 볼 때, 저 송·금·원·명 시대의 시를 모범으로 삼아 배운 자의 시에 대한 식견은 이들보다 한결 나을 것이다. 더구나 수많은 책을 널리 공부한 바탕 위에 진실한 성정性情으로 시적 재능을 발휘한 자의 식견이야 말할 나위가 있겠는가? 따라서 문학의 길은 시인의 마음과 지혜를 활짝 열고 견문을 넓히는 데 달려 있을 뿐, 모범으로 삼아 배운 시대에 얽매이지 않는다는 사실을 알 수 있다.

글씨에서도 사정은 마찬가지다. 진晉의 서법書法을 배운 자가 가장 수준이 낮고, 당송唐宋 이후의 서첩書帖을 배운 자가 그보다는 다소 아름답고, 현재 중국의 서법을 배운 자가 가장 수준이 높다. 그렇다고 이 말이 진의 서법과 당송의 글씨가 현재 중국 사람의 글씨에 미치지 못한다는 뜻이겠는가?

시대가 멀어지면 멀어질수록 모각模刻조차도 전해지지 않는다. 외국에서 태어난 사람은 더욱이 글씨를 정확하게 감정하지 못한다. 오늘날 중국 사람의 글씨는 믿을 만하고 쉽게 접할 수 있으므로 차라리 그것을 배우는 것이 낫다. 옛 글씨의 법은 오히려 오늘날 중국 글씨에서 찾아볼 수 있다. 탑본搨本이 진짜인지 거짓인지를 분간하지 못하고, 육서六書와 금석金石(고대 청동기와 석각石刻의 총칭)의 원류와 전개를 알지 못하며, 필묵의 변화와 움직임, 자연스런 형태와 기운을 모른 채 우쭐대며 자신이 마치 진晉의 서법가인양 왕희지 부자인양 행세한다. 천하의 시를 몽땅 내동댕이치고 두보가 지은 수십 편의 글귀를 꼭 쥐고 앉아서 자진해서 고루한 골방에 틀어박힌 시인과 똑같다.

군자라면 글을 쓸 때 시대를 파악하는 것이 중요하다. 내가 중국에 살고 있다면 이 따위 주장을 할 필요가 없다. 우리나라에 살고 있어서 그러한 주장을 하지 않을 수 없다. 주장이 바뀌어서가 아니라 형편이 그렇게 만든다.

"두보의 시와 진晉 시대의 서체는 사람에 비한다면 성인이다. 성인을 버리고 그보다 낮은 사람에게 배우란 말이냐?"라고 반론을 제기하는 자가 있을 것이다. 그 반론이라면 나는 "경우가 서로 다르다. 거기에는 행위와 예술의 차이가 존재한다"라고 대꾸할 것이다. 한편, 그 차이가 존재함에도 불구하고 땅바닥에 금을 그어 집이라고 하고서는 "여기가 공자께서 거처하는 집이다"라고 하며 종신토록 눈을 감고 그 자리를 벗어나지 않는다면, 그에게는 볼만한 행동이 없음을 확인하게 되리라. 수준 높던 옛날의 문장이 지금은 수준이 낮아지게 된 경위와 풍요風謠에 나오는 명칭이 같고 달라진 변화 따위는 깊이 공부한 자가 스스로 깨닫도록 맡겨 둘 일이지 한 사람 한 사람 데려다가 일일이 설명하기는 아무래도 어렵다.

신축년(1781) 겨울에 위항도인은 겸사兼司에서 당직하면서 쓴다.[1]

---

1  박제가는 규장각 검서관으로 지내면서 1781년 가을부터 다음해 봄까지 염색하는 일을 맡아보는 관아인 염서(染署)에서 겸직했다.

# 경제와 통상  재부론, 강남 절강 상선과 통상하는 문제에 대한 논의,
농업과 잠업에 대한 총론

소무蘇武 같은 생애라 모든 것이 서글퍼라.

자갈밭 초가집에서 풍진 겪으며 늙는구나.

해마다 압록강을 앞 다투며 건너건만

한 사람도 농사법을 배워 오지 아니하네.

—「장난삼아 왕어양의 세모회인시 60수를 본떠 짓다」
   중 '이희경'李喜經(『정유각집』 시집 1)

강원도 홍천에 틀어박혀 농법을 시험하는 친구 이희경(1745~?)의 열정을 연민의 감정을 섞어 묘
사했다. 선진 농법을 배우려고 중국에 들어가려는 그의 시도에 경의를 표하고 있다.

# 재부론

財賦論

재물을 잘 불리는 사람은 위로는 하늘이 준 때(天時)를 놓치지 않고, 아래로는 지리적 이점(地利)을 놓치지 않으며, 가운데로는 사람이 할 일을 놓치지 않는다. 기계를 편리하게 사용하지 못하여 남들이 하루에 할 일을 나는 한 달 두 달 걸려서 한다면 이것은 하늘이 준 때를 놓치는 것이다. 밭 갈고 씨 뿌리는 방법이 잘못되어 비용은 많이 들었으나 수확이 적다면 이것은 지리적 이점을 놓치는 것이다. 상인들이 물건을 교환하지 않고 놀고먹는 자들이 나날이 많아진다면 이것은 사람이 할 일을 놓치는 것이다. 세 가지 것을 모두 놓치는 이유는 중국을 잘 배우지 않은 잘못 때문이다.

먼 옛날 신라는 경상도 한 개 도를 거점으로 삼아서 북쪽으로는 고구려에 대항했고, 서쪽으로는 백제를 정벌했다. 당나라가 10만 군사를 거느리고 국경 안에 들어와 주둔한 기간이 몇 해 몇 달이었다. 그 상황에서 만약 저들에게 군량미를 제공하고 접대할 때 예법상 실수를 한다거나 말을 먹이는 식량이 고갈되는 문제라도 한번 발생했다면 신라의 운명이 어떻게 될지 예측할 수 없었다. 그러나 신라는 결국 이런 방법 저런 방법으로 버티고 유지하여 넉넉하게 성공을 거두었다.

현재 우리나라는 경상도 크기의 도가 여덟 개나 된다. 그러나 평상시에도 관리 한 사람당 녹봉을 쌀 한 섬밖에 주지 못한다. 칙사라도 왔다 가는 날이면 경비가 완전히 바닥난다. 태평시대를 누린 지 100여 년이 흐르는 동안 위로는 외국을 정벌하거나 임금님이 지방을 순시한 일도 보지 못했고, 아래로는 문물이 번화하거나 백성들이 사치를 좋아하는 풍속을 보지 못했다. 그런데도 나라의 빈곤이 갈수록 심해지기만 한다. 도대체 그 이유가 무엇일까? 그 이유를 나는 잘 설명할 수 있다.

남들은 곡식을 세 줄로 심을 때 우리는 두 줄로 심는다. 그것은 논밭 1천 리를 줄여서 600여 리로 사용하는 셈이다. 남들은 농사를 지어 하루에 50섬 내지 60섬을 거둘 때 우리는 20섬을 거둔다. 그것은 논밭 600여 리를 줄여서 200여 리로 만드는 셈이다. 그 대신에 남들은 곡식 종자를 5푼 파종할 때 우리는 10푼 파종한다. 이것은 또 1년 뒤에 쓸 종자를 잃는 셈이다.

이러한 실정에 한 술 더 떠 배와 수레, 목축, 가옥, 기계를 쓸모 있게 사용하는 방법을 강구하지 않고 방치해 둔다. 전국적으로 계산하면 100곱절의 이익을 잃는다. 현재의 토지만을 가지고 계산해도 이런 형편인데 만약 위아래 100년의 기간을 누적하여 계산에 포함시킨다면 얼마나 많은 양을 잃었는지 계산이 되지 않는다. 하늘이 준 때를 놓치고, 지리적 이점을 놓치며, 사람이 할 일을 놓치기 때문에 국토가 1천 리가 된다고 해도 실제로는 100리에 지나지 않는다. 그러므로 신라가 우리보다 100곱절이나 낫다는 사실을 이상하게 생각할 것이 없다.

이제라도 서둘러서 경륜 있고 재능과 기술을 가진 선비를 선발하여, 한 해에 열 명씩 중국으로 가는 사신 행렬의 비장神將과 역관들 틈에 섞어 보내자. 한 사람이 그들을 인솔하여 마치 옛날에 있던 질정관質正官의 관례를 따라서 중국에 들어간다. 중국에 들어가서 저들의 법을 배우고 저들의 기계를 사들이며, 저들의 기술을 전수받는다. 그러고는 그들을 시켜 배운 제도를 나라 안에 전파하도록 하자. 특별 기구를 설치하여 교육시키고 재물을 장만하여 현장에 적용한다. 전수받은 제도의 중요도와 거두어 낸 공적의 허실을 관찰하여 그것을 근거로 상을 주거나 벌을 내린다. 한 사람에게 중국에 들어가는 기회를 세 차례 주되 세 번을 들어가서도 아무런 효과를 거두지 못한 자는 쫓아 버리고 다른 사람으로 바꿔 선발한다.

이 방법을 채택해 시행한다면 10년 이내에 중국의 기술을 모조리 습득할 수 있다. 그러면 앞서 말한 1천 리의 땅을 이제는 1만 리의 땅으로 탈바꿈시키고, 3년 또는 4년에야 얻을 곡식을 이제는 1년 안에 얻을 수 있다. 이렇게 하고도 재부財富가 부족하다거나 국가 재정이 넉넉하지 않는 경우는 발생할 수 없다. 그렇게 한 뒤에 사람마다 비단옷을 입고 집집마다 금벽金碧으로 휘황찬란하게 꾸민다면 백성들과 더불어 행복을 즐기기에도 바쁜데 백성들이 사치할까 염려할 겨를이 어디에 있겠는가?

내가 예전에 다음 시를 지은 적이 있다.


　신라는 바닷가에 위치한 나라

　현재 영토의 8분의 1에 불과했지.

　고구려가 위쪽에서 침범해 올 때

　당唐은 아래에서 출병했는데,

　창고에는 곡식이 넉넉했기에

　군량미를 잘 대 주어 실책 없었지.

　이유가 무엇인지 꼼꼼히 분석해 보니

　배와 수레를 사용한 데 있었네.

　배로는 외국과 통상하고

　수레로는 말과 노새를 활용했으니,

　두 가지를 활용하지 않는다면

　관중管仲과 안자晏子인들 방법 있겠나?


두 번째 시는 다음과 같다.

땅을 파서 황금 만 근을 얻어도
허무하게 굶어죽고,
바다에 들어가 진주 100섬을 채취해도
겨우 개똥과 바꾸는 우리나라!
"개똥은 그나마 거름으로 쓰지만
진주는 쓸 데가 어디 있어야지?"
육로로 북경까지 물자가 통하지 않고
뱃길로 일본까지 상인이 가지 않네.
비유하면 이렇다. 들판의 우물물은
퍼내지 않으면 저절로 말라 가는 법,
백성의 안녕이 보물에 있지는 않으나
생리生理가 날로 졸아들까 걱정이네.
지나치게 검소하면 백성이 즐겁지 않고
지나치게 가난하면 도둑이 많아진다네.

# 강남 절강 상선과 통상하는 문제에 대한 논의

通江南浙江商舶議 二則

　　　　　　우리나라는 나라가 작고 백성이 가난하다. 지금 갖은 노력을 기울여 전답을 경작하고, 현명한 인재를 기용하며, 상인에게 장사를 허용하고, 장인에게 혜택을 더해 주어 나라 안에서 챙길 이익을 다 거둔다고 해도 오히려 풍족하지 못할까봐 염려한다. 그러면 또 먼 지방에서 나오는 물건을 통상을 거쳐 가져와야 재화財貨가 불어나고 갖가지 쓸 물건이 마련된다.

　　수레 100대에 싣는 물건이 배 한 척에 싣는 물건을 당해 내지 못하고, 육로로 1천 리를 가는 것이 배를 타고 해로로 1만 리를 가는 것보다 편리하지 않다. 따라서 통상하려는 사람은 또 수로를 중시할 수밖에 없다. 우리나라는 삼면이 바다로 둘러싸여 있다. 서쪽으로는 등주登州(중국 산동성 펑라이蓬萊) 내주萊州(중국 산동성 옌타이烟台)와 직선거리가 600여 리에 지나지 않고, 남해바다의 남단은 오吳 땅의 머리 쪽과 초楚 땅의 꼬리 쪽에 위치한 강서江西 지역과 서로 바라보고 있다. 송나라 배가 고려와 통상하던 시절에는 명주明州(중국 절강성 닝보寧波)로부터 이레 만에 예성강에 정박했으므로 가까운 거리라 할 만하다. 그러나 조선은 건국 이래로 거의 400년 동안 다른 나라와 배 한 척 왕래한 일이 없다.

어린아이가 낯선 손님을 보면 부끄러워하고 쭈뼛쭈뼛하다가 삐쭉거리며 운다. 본래 성품이 그래서가 아니라 보고 들은 것이 적어 의심이 많아서다. 그렇듯이 우리나라 사람은 두려움을 쉽게 느끼고 꺼리는 것이 많으며, 풍속과 기운이 투박하고 재능과 식견이 시원하게 트이지 못했다. 오로지 외국과 통상이 없는 것이 그 이유다. 황차黃茶를 실은 배 한 척이 표류하여 남해에 정박한 일이 있었다. 온 나라가 10여 년 동안 사용했는데도 여전히 황차가 남아 있다. 어떤 물건이고 그렇지 않은 것이 없다. 지금 무명옷을 입는 것도 백지白紙에 글씨를 쓰는 것도 넉넉지 않은 처지이지만, 선박을 이용하여 외국과 한번 통상한다면 비단옷을 입는 것도 죽지竹紙에 글씨를 쓰는 것도 넉넉하게 할 수 있다.

지난날 왜국倭國이 중국과 통상하지 않았을 때에는 우리나라의 중개를 통해 북경에서 명주실을 무역해 갔다. 그래서 우리나라 사람이 중간이익을 차지했다. 그 같은 무역이 그다지 이익을 얻지 못한다는 사실을 알아차린 왜국이 중국과 직접 통상한 이후로 새로 교역한 나라가 30여 개국에 이른다. 그들 가운데는 중국어를 잘하는 자가 간혹 있어서 천태산天台山과 안탕산雁蕩山의 기이한 경치를 술술 말한다. 천하의 진귀한 물건과 중국의 골동품 서화가 나가사키長崎島에 폭주하고 있다. 그 뒤로는 다시는 우리에게 물건을 요청하지 않는다. 계미년(1763) 통신사가 일본에 들어갔을 때 서기書記가 우연히 중국산 먹을 요구했더니 저들은 중국 먹을 한 짐 가지고 왔다. 또 하루 종일 여행할 때 가는 길마다 붉은 양탄자를 깔았는데 다음날도 전날과 똑같이 했다. 저들은 이렇게 우쭐거리고 뽐낸다. 자기 나라가 부유하고 강하게 되기를 바라지 않는 사람은 없다. 그런데 부강하게 만드는 방법은 어째서 남에게 양보한단 말인가?

이제 장사하는 배를 외국과 유통시키고자 한다면 이렇게 하면 된다. 왜국놈들은 약삭빨라서 늘 이웃나라의 틈새를 엿본다. 그렇다고 안남安南, 유구琉球, 대만臺灣과 같은 나라는 뱃길이 험하기도 하고 또 너무 멀어서 그들 나라와는 모두 통상하기가 어렵다. 그러니 오직 중국밖에 없다. 중국은 태평을 누린 지가 100여 년이다. 우리나라가 공순하고 다른 마음을 품지 않는다고 판단하고 있으므로 논리를 잘 펴서 이렇게 말하면 된다.

"일본과 유구, 안남, 서양의 나라조차도 모두 민閩과 절강浙江, 교주交州, 광주廣州 등지에서 교역한다. 저 여러 나라들과 함께 끼고 싶다."

이렇게 한다면 저들은 반드시 우리를 의심하지 않고 허락하며 특별한 일이 일어날 것을 우려하지 않을 것이다. 그렇게 하여 나라 안의 재능이 빼어난 공장工匠을 모아서 선박을 만들되 중국의 선박 제

**나가사키의 중국 상인 거주지**　　나가사키에 출입하는 중국 해상海商의 특별 창고와 거주지의 모습을 그린 그림으로 에도 막부 시대에 청나라 상인과 일본이 무역하는 실상을 잘 보여 준다. 이 그림은 『일본산해명산도회』日本山海名産圖會에 실린 삽화다. 1799년에 히라세 덴사이平瀬徹齋가 쓰고, 시토미 간게쓰蔀関月가 삽화를 그렸는데, 이 책의 서문을 오사카의 상인이자 학자인 기무라 겐카도木村蒹葭堂(1736~1802)가 썼다. 겐카도는 박제가가 1778년 무렵 「회인시」懷人詩를 통해 보고 싶다고 밝힌 인물이다.

조술을 채택하여 견고하고 치밀하게 만들기에 힘쓴다.

지금 황해도에 와서 정박하는 황당선은 모두 광녕의 각화도 사람들이다. 그들은 늘 4월이면 와서 해삼을 채취하여 8월이면 돌아간다. 처음부터 저들을 금하지 못한다면 차라리 시장을 개설하고 후한 뇌물을 써서 저들을 유치하는 것이 낫다. 그러면 저들의 선박 제조술을 배우는 것이 어렵지 않다. 또 반드시 표류한 경험이 있는 사람과 대청도 소청도 흑산도의 섬사람을 불러 모아 수로를 안내하게 하여 중국의 바다 상인에게 가서 그들을 초청하게 한다. 해마다 그들을 10여 척씩 불러오되 전라도와 충청도 사이의 강경江景이나 경강京江의 입구에 한두 번 정박하게 한 다음 삼엄하게 수루와 보를 설치하여 다른 우환의 발생에 대비한다. 배에 올라 교역할 때는 왁자지껄 떠들거나 물건을 낚아채 감으로써 먼 곳에서 온 사람들에게 비웃음과 모욕을 당하는 일이 있어서는 안 된다. 선주船主를 후하게 대접하되 고려 때 하던 관례를 따라서 빈객의 예로써 대우해야 한다.

이와 같이 시행한다면 우리가 그들에게 가지 않는다 해도 저들이 스스로 우리를 찾아올 것이다. 우리는 저들의 기술과 예능을 배우고 저들의 풍속을 질문함으로써, 나라 사람들이 견문을 넓히고 천하가 얼마나 크고 우물 안 개구리의 처지가 얼마나 부끄러운가를 알게 될 것이다. 이 일은 세상의 개명을 위한 밑바탕이 되므로 교역을 통해 이익을 얻는 데만 그치지 않을 것이다.

토정 이지함 선생이 일찍이 외국 상선 여러 척과 통상하여 전라도의 가난을 구제하고자 했는데 그분의 식견이 탁월하여 미칠 수가 없다. 『시경』에서 "내 옛사람을 그리워하네. 참으로 내 마음을 알고 있으니"라고 말했다.

강남江南 절강浙江과 통상하기에 앞서 요양遼陽(곧 요동)의 배와 먼저 통상하는 것도 좋은 방법이다. 왜냐하면 요양은 철산취鐵山嘴 한 곳을 사이에 두고 압록강과 떨어져 있어 전라도와 경상도의 거리밖에 되지 않기 때문이다. 이것은 마치 모재慕齋 김안국金安國 선생이 북경의 태학太學에 입학할 수 없다면 대신 요동의 학교에 들어가기를 바란 의도와 같다.

중국의 배하고만 통상하고 해외의 많은 나라와는 통상하지 않는다고 했는데 이것은 일시적인 임시변통의 책략에 불과하고 정론定論은 아니다. 국력이 조금 강성해지고 백성들의 생업이 안정을 얻은 상황에 이르면 마땅히 차례대로 다른 나라와도 통상을 맺어야 한다. 박제가는 스스로 기록한다.[1]

---

1   연민본 『북학의』에 의거하여 "강남 절강과~의도와 같다", "중국의 배하고만~스스로 기록한다" 두 단락의 내용을 모두 수록한다.

# 농업과 잠업에 대한 총론
農蠶總論

우리나라는 모든 분야에서 중국에 미치지 못한다. 다른 것은 굳이 말할 필요조차 없고 저들이 입고 먹는 것의 풍족함을 가장 당해 내지 못한다. 중국 백성들은 외진 마을의 가난한 집도 대체로 석회로 다져 쌓은 몇 칸 크기의 곳간을 소유하고 있다. 가마니를 사용하지 않고 곧바로 그 곳간에 곡식을 쏟아 붓는다. 곡식이 곳간 전체를 채우거나 절반을 채운다. 또 집 안마당에 삿자리(簟)를 둥그렇게 원통으로 둘러쳐서 큰 쇠북 꼴로 만드는데 그 높이가 들보에까지 닿는다. 사다리를 타고 올라가 그 속으로 곡식을 쏟아 붓는다. 곡식이 많이 들어가면 100섬이 차는데 아무리 적어도 스무 섬 내지 서른 섬 아래로는 내려가지 않는다. 간혹 한 집에 여러 무더기가 있다.

우리나라의 가난한 백성은 모두가 아침저녁 먹을거리조차 없다. 열 가구가 사는 마을에 하루 두 끼를 먹는 자가 몇 명 없다. 어려울 때를 대비해 준비한 곡물이란 것도 옥수수 몇 자루나 고추 수십 개를 그을음으로 검게 탄 초가집 벽에 달랑 매달아 놓았을 뿐이다.

중국의 백성들은 대개가 비단옷을 입고 담요에서 잠을 자며, 침상과 탁자를 구비해 놓고 산다. 농사꾼도 옷을 벗지 않고 가죽신을 신은 채 정강이에 전대를 차고서 밭에서 소를 끌고 있다. 반면에 우리나라 시골의 농부들은 한 해에 무명옷 한 벌도 얻어 입지 못한다. 남자나 여자나 태어난 이래 침구를 구경조차 못하고 이불 대신 멍석을 깔고 지낸다. 그 위에서 아들과 손자를 기르는데 열 살 전후가 될 때까지 겨울도 없고 여름도 없이 벌거숭이로 다닌다. 하늘과 땅 사이에 가죽신이나 버선이란 물건이 있는 줄조차 모른다. 모두가 그렇게 산다.

중국은 변방의 외진 곳 여자도 분단장을 하고 머리에는 꽃을 꽂으며 긴 옷에 수놓은 가죽신을 신는다. 한여름 더위에도 맨발로 다니는 것을 본 적이 없다. 우리나라는 도시에 사는 젊은 여자도 종종 맨발로 다니면서 부끄러워할 줄조차 모른다. 새 옷을 하나 걸치면 뭇 사람이 눈을 휘둥그레 뜨고 기생이 되었나보다 의심한다.

중국은 서울과 지방의 구별이 없다. 양자강 이남과 오촉吳蜀, 민월閩越 지역처럼 멀리 떨어진 지역도 큰 도회지는 번화한 문물이 황성皇城보다 도리어 낫다. 반면에 우리나라는 도성에서 몇 리만 밖으로 나가면 풍속이 벌써 시골티가 물씬 난다. 이유가 어디에 있을까? 입을 것과 먹을 것이 넉넉하지 않고, 재화財貨가 유통되지 않으며,

학문은 과거제도에 짓눌려 사라지고, 풍기風氣는 문벌門閥 숭상에 막혀 있다. 견문을 넓힐 길이 없고 재능과 식견을 개발하고 트이게 할 방법이 없다. 이런 상황이라 문화는 퇴보하고 제도는 망가지며, 인구는 날로 증가하고 재정은 날로 비어 간다.

그러므로 『서경』書經에서 "덕을 바로잡고 물건을 쓰기 편하게 만들며 넉넉하게 생활하는 일에 힘써야 한다"라고 했고, 또 『대학』大學에서는 "재물을 만드는 데에는 큰 방법이 있나니 물건을 빨리 만드는 것이다"라고 했다. 여기서 물건을 빨리 만든다는 것은 물건을 쓰기 편하게 만든다는 것이고, 넉넉하게 생활한다는 것은 의식衣食이 풍족하다는 것이다.

그렇다면 오늘날 당면한 계책은 무엇일까? 무엇보다 앞서 농사의 계통과 양잠의 방식부터 모조리 뜯어고치는 것이 급선무이다. 그 다음에야 중국의 수준에 다다를 수 있다. 무엇을 농사의 계통이라 하는가? 따비, 보습, 봇도랑, 물골, 거름내기는 그 방법이 적합하지 않으면 농사라고 할 수 없다. 무엇을 양잠의 방식이라 하는가? 누에를 고르는 법과 누에를 먹이는 법, 고치의 실 뽑는 법, 비단 짜는 방법이 적합하지 않으면 중국의 수준에 다다를 수 없다.

지금 우리나라는 농사를 짓고 누에를 치지 않는 사람이 없다. 그러나 중국의 벼는 벌써 익어 쌀이 되었는데 우리는 미처 벼도 베지 못했다. 저들은 비단을 벌써 짰는데 우리는 미처 고치에서 실도 뽑지 못했다. 저들은 벌써 솜을 탔는데 우리는 한 달 뒤에나 솜을 타야 한다. 중국인은 한창 사방으로 말을 달리고 사냥하며 즐길 때 우리는 아직도 들판의 익은 과실을 거둘 겨를조차 없다. 산에는 땔나무가 있고 물에는 물고기가 있어도 물고기를 잡거나 나무하러 갈 겨를조차 없다. 온갖 기예가 황폐해졌건만 내팽개치고 수련하지 않으므로 날이 갈수록 인구는 증가하는데 국력은 부족하다. 도대체 무슨 까닭일까? 중국을 배우지 않은 잘못 때문이다.

지금 불쑥 백성들에게 꽃과 나무를 심고 새와 짐승을 기르게 하며 음악을 연주하고 골동품과 감상품을 가지고 기묘한 기술을 발휘하라고 다그치는 것은 서둘러 해야 할 일은 아닌 것이다. 일상생활에서 없어서는 안 될 필수 도구에 모두 열댓 가지가 있다. 양선颺扇(곡물에 섞인 쭉정이나 겨, 먼지 따위를 날리는 데 쓰는 연장)이 있는데 한 사람이 돌리면 1만 석石의 곡식도 어렵지 않게 찧는다. 돌방아(石杵)가 있는데 1만 섬의 곡물을 찧기가 어렵지 않다. 수차水車가 있는데 마른 땅에 물을 대고 물이 고인 땅에서 물을 뺄 수 있다. 드베(瓠種)가 있는데 씨 뿌릴 때 발뒤꿈치가 아프지 않다. 입서立鋤가 있는데 김을 맬 때 허리를 구부리지 않아도 된다. 곰방매와 써레(檈耙)가 있는데 흙덩이를 깨트리는 도구이다. 녹독碌碡은 고르게 파종하는 도구이다. 누에 채반(蠶箔: 누에를 누에자리에 올려 기르는 데 쓰는 받침), 누에 그물(蠶網: 누에의 자리를 갈거나 할 때 누에를 건져 내는 그물), 소거繰車(고치로 실을 켜는 물레), 직기織機가 있는데 한 해 동안 나오는 고치실을 어렵지 않게 가공할 수 있다. 씨아(攪車: 목화씨를 빼는 기구)가 있는데 사람

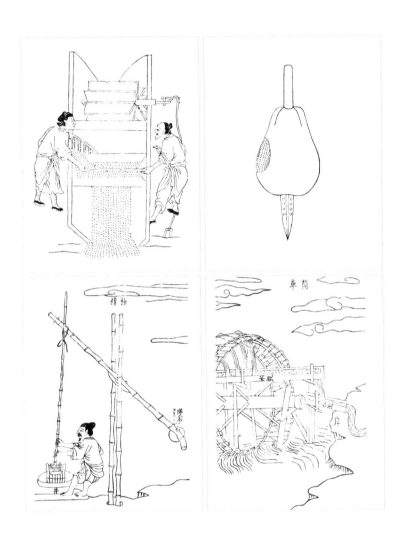

1. 양선 2. 드베 3. 길고 4. 통차

이 하루에 목화씨 80근을 뽑아낼 수 있다. 탄궁彈弓도 마찬가지다.

지금 우리는 벼를 모아 놓고 까부르려고 바람 부는 앞에서 날린다. 긴 멍석 가운데 벼를 놓고 밟은 다음 멍석 양끝을 잡고서 떨어낸다. 여러 사람이 힘들여 일해도 하루에 겨우 10여 섬의 좁쌀을 까불고서 기진맥진하지만 그래도 정밀하지 못할까봐 걱정이다. 좁쌀과 콩을 파종할 때에는 손으로 한 움큼씩 쥐어서 뿌리므로 싹이 뒤죽박죽으로 나서 열매를 맺는 데 해를 끼친다.

또 밭두둑 하나를 사이에 두고 한쪽은 물이 많아서 걱정이고 다른 한쪽은 가물어서 걱정이지만 물이 부족한 밭으로 물을 돌려 쓸 수 없다. 바가지를 사용하여 마치 그네를 뛰듯이 물을 퍼 나르는 꼴이 어설퍼서 지극히 우스꽝스럽다.

물을 관개하는 방법은 또 어떠한가? 화살 한번 쏘아 도달할 가까운 거리에 있는 물을 반 자 높이로도 끌어 올리지 못한다. 대부분 큰 냇물을 막아 물을 고이게 하고 보에 넘쳐흐르는 물이 거꾸로 흘러들기만을 고대한다. 그러다가 한번 잘못되어 둑이라도 터지면 열 가구의 재산이 물살 속에 잠겨 사라진다. 이 몇 가지 상황을 해결하려면 길고桔槹(물을 긷는 기구), 옥형玉衡, 용미차龍尾車(양수기의 일종), 통차筒車 따위의 기구를 사용하는 법을 가르쳐야 한다.

또 단칸방에 한 칸 크기로 누에를 기르면 사람은 발을 들여놓을 구석이 없다. 기왓장으로 받쳐서 누에를 치는데, 여종이 실수하여 넘어지기라도 하면 죽은 누에가 발밑에 가득 널린다. 누에틀을 쳐서 층층이 매달아 방 꼭대기까지 닿게 하면 누에의 수는 열 곱절이 되고 방에는 여유 공간이 생긴다는 것을 모른다.

누에를 옮길 때 성장한 정도를 일일이 구별하여 옮기려면 온종일 해도 얼마 옮기지 못한다. 누에 그물을 사용하여 그물을 덮어 뽕잎을 먹이면 모든 누에가 일제히 그물 위로 나온다. 하지만 이 사실을 알지 못한다. 본래 누에가 토해 내는 실은 지극히 균일하다. 하지만 고치 켜는 사람이 아예 고치를 살펴보지도 않고 제 마음 내키는 대로 그 수를 늘였다 줄였다 하기 때문에 실은 꺼칠꺼칠하고 비단은 털이 부숭부숭하다. 고치를 켤 때 소거縬車를 사용하지 않고 손으로 물에서 건져다가 앞에다 쌓아 놓기 때문에 물에 젖은 것이 엉겨 말라붙는다. 그러면 다시 모래로 눌러 놓고 푼다. 그러므로 걸핏하면 시간만 허비하고 만다. 자새(얼레)를 사용하면 능률이 몇 곱절이 올라서 많은 일을 할 수 있으나 그 사실조차 모른다. 갈고리를 먼 곳에 걸어 실을 건져 올리면 실이 먼저 마르고 색이 누렇게 변하지 않는 것도 모른다. 베틀을 사용하면 묶느라고 힘들고 발로 차느라고 힘들며 당기느라 힘든다. 그렇게 애를 써도 하루에 짜는 실은 스무 자를 넘지 못한다. 그러나 중국에서 옛날 사용하던 베틀은 의자에 앉듯이 편하게 앉아서 발끝만 가볍게 움직여도 저절로 열렸다 합해지고, 저절로 갔다가 저절로 돌아오면서 실을 잣는 양이 두서너 배가 되는 줄을 모른다. 짜는 사람은 북이 왔다 갔다 하는 속도만 조절하면 될 뿐이다. 우리의 씨아로는 두 사람이 하루에 목화씨 네 근을 뽑아내고, 한 사람이 하루에 네 근의 솜을 탈 수 있다. 우리가 하루에 네 근을 타는 것과 중국 사람이 80근을 타는 차이는 대단히 크다.

무릇 이 열댓 가지 도구를 한 사람이 사용한다면 그 이익은 열 배가 되고 온 나라가 사용한다면 그 이익은 백 배가 된다. 10년을 사용한다면 그 이익은 이루 다 쓸 수 없을 정도이리라. 그러나 뜻을 가진 사람은 힘을 가지지 못하고, 힘을 가진 자는 힘을 발휘할 기회를 얻지 못한다. 그래서 요직에 있는 사람 가운데 끝내 그것을 시행한 자가 없다. 농업과 잠업의 이익이 많지 않은 것을 본 백성들은 그 일을 떠나 다른 데로 몰려가고 있다. 미곡 값이 오르고 옷감이 비싸지는 현상이 아무 이유 없이 발생하겠는가? 그 원인이 점차 누적되어 나타난 것이다.

# 제도와 풍속의 개혁

군사를 논한다, 관직과 녹봉, 풍수설과 장지

수레 써서 이고 지는 수고를 덜고
벽돌 구워 담과 집을 튼튼히 하네.
앞뒤로 고구마를 두루 심어서
흉년을 대비하여 비축해 두네.
하고 많은 농사일과 집안일에서
힘은 덜고 수확은 한층 빠르네.
솔선하여 몽매한 자 깨우쳐 주어
하나하나 중화 풍속을 회복하고
의창義倉 제도 자세하게 연구하여
대대로 우리 집안 잘살게 하려 했네.

— 「윤사胤思의 시에 화답하여 내 생각을 밝히다」(『정유각집』 시집 2) 중에서

중국의 선진적 문화와 기술, 농법을 활용하여 자기 집안을 대대로 잘사는 집안으로 만들고 싶다는
포부를 밝혔다. 북학에 대한 집념이 개인과 집안, 국가에 두루 적용되고 있음을 엿볼 수 있다.

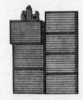

# 군사를 논한다

兵論

군대는 반드시 백성들의 일상생활 속에서 운영되어야 준비도 충실하고 비용도 들지 않는다. 수레는 그 자체로 무기는 아니지만 수레를 사용하면 군수물자를 편리하게 수송할 수 있다. 벽돌은 그 자체로 무기는 아니지만 벽돌을 사용하면 만백성의 안전을 위한 성곽을 제대로 갖출 수 있다. 각종 장인匠人들이 가진 기술과 목축은 그 자체로 무기는 아니다. 하지만 삼군三軍이 사용할 말이 제대로 갖추어지지 않거나 공격하고 전투하는 장비가 날카롭게 정비되지 않는다면, 군사를 동원할 방법이 없다. 따라서 망루에서 적의 동태를 살피고 창과 방패를 잡고 서 있는 것과 앉았다 일어섰다 치고 찌르기를 훈련하는 것은 군사 활동의 지엽에 불과하다. 실제로는 하늘 아래 땅 위에서 재능을 갖춘 지식인을 확보하고 편리하게 사용할 기계를 마련하는 것이 군사 활동의 근본이다.

우리나라 사람들은 다들 공리공담에는 유능하지만 실제 사무에는 무능하며, 목전에 닥친 일을 계획하는 것은 온갖 수고를 하지만 큰 사업의 설계에는 어둡다. 현縣마다 장정을 점고點考하기에 지치고 주州마다 병졸의 훈련에 고생하지만, 날마다 나라 안의 화약이나 축낼 뿐이다. 중국을 섬기고 이웃 일본과 사귀려고 사신 가는 신하들의 행렬이 길에 이어지나 다른 나라의 훌륭한 법을 하나라도 배워 오는 자가 아예 없다. 그러고도 저들을 비웃어 왜놈이니 되놈이니 떠든다. 천하 모든 나라의 사정이 우리와 똑같은 줄로만 알고 있다. 임진년(1592) 일본에게 한번 패하고, 다시 정축년(1637) 청나라에게 남한산성이 함락당했으나 아홉 임금에 걸친 원수와 청에게 굴욕적으로 항복한 부끄러움을 지금까지 갚지 못하고 있는데 그 실정이 전혀 이상하지 않다.

내가 군사들이 습진習陣(일종의 기동훈련)하는 것을 참관한 적이 있다. 적군으로 분장한 군사들은 모두 허약한 자로 채워 쉽게 잡혀 버리고 경박하게 날뛰게 하여 우스꽝스러웠으니 정말 아이들 전쟁놀이와 똑같았다. 지금 우리나라는 번상番上(지방의 군사를 서울 군영으로 보내는 일)하는 법과 관아에서 무기와 갑옷을 공급하는 군사제도가 대략 당唐나라의 부병제府兵制와 유사하다. 법 자체가 좋지 않은 것은 아니다. 그러나 상대편의 칼은 반드시 물건을 자르는데 우리의 칼은 쉽게 무뎌지고, 상대편의 갑옷은 뚫리지 않는데 우리의 갑옷은 쉽게 구멍이 난다. 이것은 철을 잘 단련하지 못한 결과이다. 상대편의 담과 벽은 모두 견고한데 우리의 성곽은 완전하지 못하니 이것은 벽돌을 사용하지 않기 때문이다. 상대편의 활은 비에 젖어도 상하지 않는데 우리의 활은 실수로 한번 불에 쪼이기만 해도 쓰지를 못한다. 이것은 활을 잘못 만든 결과이다. 적들은 한창 말을 달리거나 수레를 타고서 체력을 비축하고 있건만, 우리는 무거운 짐을 지고 도보로 걷느라 다리 힘이 빠져서 전투를 수행하지 못한다. 이런 상황은 다른 분야도 다르지 않다. 만일 비상사태가 발생한다면 평소의 100곱절이 넘는 힘을 들인다 해도 사태를 해결하는 데 아무 도움을 주지 못한다. 미리 충실히 대비해 놓지 않은 잘못 때문이다.

대체로 군사는 소수의 정예병이 중요하므로 병사의 숫자를 불리는 데 힘쓰지 않는다. 지금 지방의 목사牧使나 군수는 장부상에 올라 있는 장정의 숫자를 다 파악하지 못한다. 설사 파악한다고 해도 어떤 자는 벌열 집안의 노비로 투탁投託해 있고, 어떤 자는 토호土豪의 집에 숨어 있다. 수령은 벌열이 두렵고 토호가 껄끄러워 숨은 자를 조사하지 못한다. 그때그때 넘어가며 잡아 오지 못하고, 미봉책으로 다른 사람을 대신 충원하여 훈련하는 기한에 대어 보낸다. 훈련 날짜만 지나가기를 고대하면서 고을 원님 자리를 잃지 않는 것만을 크나큰 다행으로 여긴다. 따라서 장부가 제아무리 잘 갖추어져 있다고 해도 동원된 인원의 진실 여부는 알 수 없다. 또 동원된 인원 중에서 전투에 참여할 만한 병졸의 수는 열 명에 두세 명도 되지 않는다. 특히, 투구나 전립戰笠, 무기를 완비한 자는 찾아보기 어렵다. 이런 병졸이 100만 명이 있더라도 전쟁에 나가면 반드시 패하리라는 것을 나는 잘 안다.

내가 본 중국의 호미는 서서 사용하는 호미였다. 호미자루는 천리 어디를 가도 똑같았고, 그 날은 대단히 예리했다. 집에서 기르는 말은 열 필 이하로 내려가지 않으므로 다른 사람의 말을 빌릴 필요가 없다. 그들이 모두 제 소유의 말을 타고 각자가 소지한 호미를 잡고 나선다면 우리 군사는 그들을 보자마자 그대로 무너질 것이다.

현재의 여건을 감안하여 계획하자면, 차라리 서둘러 수레를 운행시키고 벽돌을 만들며 목축을 장려하고 각 고을에서 활쏘기를 권장하며 각종 장인들이 기술을 발휘하도록 감독하는 것이 좋은 방법이다. 그렇게 한 다음에 국가의 병사 숫자를 감원하고 그들에게 급료를 주고 부세를 징수하지 않는다면, 예전에 도망했던 자들이 반드시 돌아오고, 남에게 투탁했던 자들이 반드시 병사가 되기를 자원할 것이다.

옛날 열 명을 동원하던 군사를 지금은 한 명만 선발해도 정예병 7만 내지 8만 명을 얻을 수 있다. 갑자기 천하에 우리의 의지를 펼칠 수야 없겠지만 나라를 수비하는 데는 충분할 것이다. 열 명 가운데 아홉 명을 감원하고도 군대의 힘은 현재의 100곱절이 될 것이니 재물을 낭비하지 않고도 효과를 볼 수 있다.

# 관직과 녹봉
官論 祿制

관직에 좋은 자리와 나쁜 자리가 있는 것은 틀림없이 국가의 본래 의도가 아니다. 문벌이 형성되고 난 이후에 구분이 생기지 않았겠는가? 여기 한 사람이 있다고 하자. 자신의 눈썹과 눈은 사랑하고 오줌을 누는 곳은 미워하여 사흘 동안 오줌을 누지 않는다면 죽게 될 것이다. 따라서 한 몸 안에 있는 것은 무엇이든 내 몸뚱어리 아닌 것이 없고, 마찬가지로 나라 안에 있는 것은 무엇이든 우리에게 필요하지 않은 것이 없다.

옛날 고요皐陶가 옥관이 되었는데 감옥을 관장하는 낮은 직책을 맡았다고 하여 싫어하지 않았다. 비자非子가 견수汧水와 위수渭水 사이에서 말을 길렀는데 말을 치는 일을 감독하는 직책을 맡아서 자기가 천해졌다고 생각하지 않았다. 백성들에게 공덕을 베풀고, 국가를 위해 능력을 바치는 관리라는 점에서는 모두가 똑같다.

지금 현령縣令이란 똑같은 자리에도 어떤 고을은 이 당파 사람이

가고, 어떤 고을은 저 당파 사람이 간다. 이것은 관직이 좋고 나쁜 기준이 관직 자체에 있지 않고 고을살이의 수입이 좋은가 나쁜가에 달려 있음을 뜻한다. 관각館閣의 똑같은 자리에도 아무개가 그 자리에 가면 더욱 높아 보이고, 아무개가 그 자리에 가면 조금 낮아 보인다. 이것은 벼슬이 좋으냐 나쁘냐의 기준이 관직 자체에 있지 않고 문벌이 높고 낮음에 달려 있음을 뜻한다.

그렇다면 정녕 관직에 좋은 자리와 나쁜 자리가 있단 말인가? 옛날에는 좋은 벼슬이었으나 지금은 나쁜 벼슬이 되고, 옛날에는 나쁜 벼슬이었으나 지금은 좋은 벼슬이 되기도 한다. 따라서 좋은 자리다 나쁜 자리다 하는 말을 실제로는 믿을 수 없다. 관직에 좋은 자리와 나쁜 자리가 있다고 하자. 그렇게 되면 좋은 자리는 기필코 얻으려고 다투고 반면에 나쁜 자리는 기필코 피하려고 들 것이다. 다투면 상대를 거꾸러뜨리려 들고, 피하면 할 일을 제대로 하지 못하는 자리가 생긴다. 당파를 만드는 습관이 군주 밑에 있는 신하들 사이에 형성되면 위에 군림한 군주의 권한이 사라진다. 그러면 무엇이 즐겁다고 임금 노릇을 하겠는가? 그러므로 나는 관직에 좋은 자리와 나쁜 자리가 있는 것은 국가의 본래 의도가 아니라고 말한다.

현천玄川 원중거元重擧가 일본에 갔을 때 일본 사람이 우리나라의 『경국대전』經國大典 간행본에 있는 봉사奉事의 녹봉 조항을 보여주면서 "귀국의 녹봉은 어째서 그렇게 적습니까?"라고 물었다. 현천이 일본에 갔을 때 장흥고봉사長興庫奉事의 직책을 갖고 있어서 나온

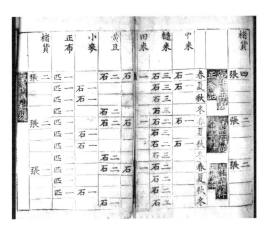

『경국대전』 권2의 호조戸曹
녹과祿科
1469년 간본. 장흥고봉
사의 녹봉인 제16과 전
후의 녹봉이 규정되어
있다. 국립중앙도서관
소장.

질문이었다. 현천이 살펴보니 그것은 임진왜란 이전의 녹봉제도로
서 오늘날의 녹봉에 비해서 곱절 이상이었다. 대답할 말을 끝내 찾
지 못하고 "이것만 주는 것은 아니다"라고 둘러댔으나 속으로는 몹
시 부끄러웠다고 했다.

　모름지기 관직에는 녹봉이 있어야 하고, 녹봉은 농사를 대신할
정도로 주어야 한다. 그래야만 관리에게 가진 능력을 다 바치라고
요구할 수 있다. 어떤 사람이 노비를 굶긴 채 날마다 부려먹었다고
한다면 주인집에서 물건을 훔치지 않는 노비는 거의 없을 것이다.
그래서 크고 작은 자리에 있는 관리는 대체로 가진 권세를 이용하여
먹을 것을 마련하고자 사람들에게 권세를 판다. 따라서 권세가 있는
자리는 아무리 작은 직책이라도 부자가 될 수 있는데 뇌물을 받기 때
문이다. 권세가 없는 자리는 대신이라도 규정된 녹봉만을 바라보고

살 수밖에 없는데 그러면 처자식을 먹여 살리기에도 턱없이 모자란다. 게다가 지방 고을의 관리에게는 정해진 봉급이 없다. 그래서 작은 고을의 현령이나 현감이 큰 고을의 목사牧使보다도 열 곱절이나 넉넉하게 수입을 거두는 일도 생긴다. 이것이 이치에 닿는 일인가?

한편 내직은 녹봉만으로는 생계를 꾸리지 못하므로 사대부는 처음부터 외직을 중시하고 내직을 가볍게 여긴다. 한번 주현州縣의 관원이 되면 반드시 자손 몇 대를 위한 자산을 장만하려고 안달이다. 이 때문에 탐학貪虐과 독직瀆職(지위나 직권을 남용해 부정행위를 저지름)의 풍조가 나날이 성행하고, 만백성의 생활이 나날이 곤궁한 처지에 몰린다. 이것은 필연적인 형세이다.

반면에 중국은 그렇지 않다. 아홉 단계의 품계에 끼이지 못하는 관리라도 봉급이 우리나라의 대신보다 많다. 지방 관원에게는 청렴에 대한 보상(養廉)[1] 제도를 시행하여 취임할 때나 퇴직할 때 생계를 마련할 상당한 재물을 제공한다. 그렇게 한 다음 100꿰미 이상 재물을 갈취한 관리는 뇌물에 관한 법률을 적용한다. 이야말로 지극히 정대하고 공정한 도리이다.

---

1  청렴에 대한 보상 제도, 즉 양렴(養廉)은 청나라의 제도로 관리에게 일상적 녹봉 외에 직무와 등급을 감안하여 따로 주는 은전(銀錢)을 말한다. 문관은 옹정(雍正) 5년 (1727)부터, 무관은 건륭(乾隆) 40년(1775)부터 시행했다. 관리들이 임의대로 거두던 부가세의 양을 정확하게 명시하여 징수하게 하고 청렴함을 입증한 관리에게는 매년 그만큼 보상해 주었으며, 불법으로 취득한 재산은 가차 없이 압류했다.

# 풍수설과 장지

葬論

우리나라는 정자程子와 주자朱子의 학문을 크게 숭상하고, 사찰은 있어도 도관道觀은 없으므로 이단이 거의 없는 순수한 나라다. 대신에 풍수설風水說이 부처나 노자의 종교보다 성행하여 사대부들이 그 설에 휩쓸려 풍속을 이루었다. 그래서 개장改葬을 효도라고 여겨 산소를 잘 꾸미는 행위를 일삼는다. 비천한 백성조차도 그 풍속에 물들어 자오침子午針을 차고 지관地官 행세를 하고 길을 나서면 천리 길을 식량을 휴대하지 않아도 잘 먹고 다닌다. 전라도가 나쁜 풍속에 심하게 물들어 열 집이면 아홉 집이 지관 일을 한다. 이미 해골로 변한 부모를 가지고 제 일이 잘되고 못 됨을 점치는 행위는 마음먹은 것 자체가 벌써 어질지 못하다. 더구나 남의 산을 빼앗고, 남의 상사喪事를 징벌하는 것은 의로운 행위가 아니다. 또 묘제墓祭를 시제時祭보다 성대하게 치르는 것도 올바른 예가 아니다. 가산을 탕진하고 조상의 해골을 햇볕에 드러내면서까지 법도에 맞지 않은 요행을 바라는 짓이 한두 가지가 아니다. 백성들이 생업에 편안하게 종사하지 못하게 만들고, 소송이 허다하게 발생하도록 조장하는 짓이 지관의 큰 죄악이다.

오늘날 사람들은 개장할 때 광중壙中에서 발견되는 조수潮水의 흔적이나, 곡식 껍질, 관이 뒤집힌 것, 시체가 없어지는 따위의 현상을 영험한 것으로 여긴다. 이것이 지하세계에서는 늘 발생하는 현상으로 인간의 행불행幸不幸과는 아무 관련이 없다는 것을 전혀 모른다. 무덤의 깜깜한 암흑세계에서는 기운이 끝없이 움직이고 사물이 딴판으로 바뀌어 상상을 벗어난 일이 일어나지 않겠는가? 지금 부귀영화를 누리는 집안에서 그들 조상의 묘를 다 살펴볼 수 없기에 망정이지 살펴본다면 위에 말한 몇 가지 우환이 반드시 나타났을 것이다. 어째서 그렇다고 말하는가? 가난하고 후손이 끊긴 집안의 무덤을 파헤쳐 보면 간혹 이른바 길한 기운이 엉겨 붙어 흩어지지 않는 현상이 나타나는데 이를 통해서 역으로 추정할 수 있다.

『예기』에서 "옛날에는 무덤에 봉분을 쌓지 않았다"라고 하였다. 땅 위에 사는 사람이 지하에서 일어난 현상을 모두 의심하기로 하면 천하에 완벽한 무덤이 어디에 있겠는가? 이래서 효자와 어진 사람의 마음으로도 하지 못한 것이 있다. 저 수장水葬·화장火葬·조장鳥葬·현장懸葬을 행하는 나라에도 사람이 살고 있고, 군주와 신하가 있다. 따라서 수요壽天·궁달窮達·흥망興亡·빈부貧富는 천도天道의 자연스러운 질서이자 인간사에 없을 수 없는 일이다. 장지葬地를 가지고 따질 문제가 아니다. 요동과 계주의 드넓은 벌판을 보라! 모든 사람이 밭에다 무덤을 만들어, 1만 리 뻗어 있는 너른 평원에 무덤이 올망졸망 널려 있다. 애초에 용호龍虎와 사혈砂穴의 같고 다름을 따져 쓸 여지가 없다. 시험 삼아 우리나라의 지관을 데려다가 거기서 장지를 찾게 한다면 망연자실하여 장지에 관해 지켜 온 신념을 바꿀 것이다. 이처럼 매장하는 것은 한 가지로 뭉뚱그려 말할 수 없다.

지금 운명을 말하는 자는 천하의 모든 일을 운명을 기준으로 말하고, 관상을 말하는 자는 천하의 모든 일을 관상을 기준으로 말한다. 무당은 모든 것을 무당에 귀속시키고, 지관은 모든 것을 장지葬地에 귀속시킨다. 잡술雜術은 하나같이 그렇다. 사람은 한 사람인데 과연 어디에 속해야 할까? 그릇된 도道는 믿을 수 없다는 사실을 이로 말미암아 알 수 있다.

식견이 있는 사람이 요직에 서게 되면 마땅히 풍수를 다룬 서적을 불태우고 풍수가의 활동을 금지해야 한다. 백성들로 하여금 길흉吉凶과 화복禍福이 장지와는 아무 관계가 없음을 분명히 깨닫도록 해야 한다. 그렇게 조치한 다음 각 주군州郡마다 산 하나를 잡아서 씨족氏族을 밝혀 가족 단위의 장지(族葬)를 분할·조성하여 당나라의 북망산北邙山[1] 제도와 같이 만든다. 해당 군에 장지로 적합한 산이 없을

---

[1]  중국의 낙양(洛陽) 북쪽에 있는 산 이름으로 동한(東漢), 위진(魏晉) 시대에 왕후공경(王侯公卿)이 여기에 묘지를 많이 써서 공동묘지의 대명사가 되었다.

경우에는 인근 고을의 100리 이내 떨어진 곳에 장지를 잡는다.

장사를 치를 때에는 장례일을 따로 가리지 않는다. 흙과 석회를 넣어 단단하게 묘를 다지고 묘비와 지석誌石을 정중하게 설치할 뿐 그 나머지는 행하지 않는다. 이렇게 하면 사대부들이 묘지를 다투는 일이 저절로 사라지고, 거부巨富들이 묘지를 광활하게 점유하는 것을 쉽게 막을 수 있다. 장지를 고를 때 없애지 못할 사항은 정씨程氏가 말한 다섯 가지 걱정거리뿐이다.[2] 어떤 자는 천문설天文說을 견강부회하여 지리설地理說에 연결시키기도 하는데 지리를 언급한 옛날의 주장은 모두 빼어난 형승形勝을 대상으로 했을 뿐 화복을 말하지 않았다는 사실을 모른다.

군주가 나라를 세우고 도읍지를 건설할 때에는 반드시 산하의 견고함과 배와 수레가 통하는 교통 요지 및 천하의 형세가 어떠한지를 살펴서 결정해야 한다. 『시경』에 "저 벌판을 살펴보고 그 음양을 헤아리라!"라고 읊은 구절은 지리적 형승을 두고 한 말이다. 저 풍수설이 아무런 근거가 없다는 것은 고금의 이름난 선비가 벌써 상세하게

---

2  정이천(程伊川)은 『이천문집』(伊川文集)「장설」(葬說)에서 다음과 같이 말했다. "기휘(忌諱)에 구속된 자들은 장지의 방위를 가리고, 장례일의 길흉을 결정하는 일에 너무 지나치게 푹 빠진 것이 아닐까? 심한 경우에는 선조를 받들 생각은 하지 않고, 오로지 후세를 이롭게 만들 것만을 염려하는데, 이것은 특히 어버이를 편안하게 모시는 효자의 마음 씀이 아니다. 오직 다섯 가지 걱정거리가 있는데 이 점은 삼가지 않을 수 없다. 훗날 장지가 도로가 되지 않고, 성곽이 되지 않고, 도랑이 되지 않고, 벼슬아치와 세력가에게 빼앗김을 당하지 않고, 밭가는 쟁기가 파 들어가지 않도록 하는 것이 그것이다."

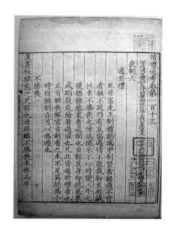

**서건학의 『독례통고』**
병계屛溪 윤봉구尹鳳九 구장본. 개인 소장.

논했다. 자세한 내용이 『독례통고』讀禮通考[3]의 「장고」葬考에 보이므로
여기서는 더 이상 논하지 않는다.

3  청초(淸初)의 저명한 학자인 서건학(徐乾學, 1631~1694)이 지은 120권 40책의 방대
한 저술로 역대의 장례 문제를 논했다. 이 책은 1696년 오운당장판(五雲堂藏版)으로 간
행되어 18세기 전기에 이미 조선에 들어와 북학파 학자들에게 널리 읽혔다. 내용은 「상
기」(喪期), 「상복」(喪服), 「상례의」(喪禮儀), 「상구」(喪具), 「장고」(葬考) 등으로 분류하여
예법을 논했는데 특히 풍수설에 관한 역대의 다양한 학설을 정리한 다음 비판과 대안을
조리 있게 전개했다. 조선 후기 예학에 깊은 영향을 끼쳤다.

# 교육과 인재 선발

과거론 1·2, 정유년 증광시에 제출한 시사책

백성 다스림은 고을 크기와 무관하니
아무리 작은 고을도 일천 호는 다스리지.
게다가 올해 같은 흉년에는
관아의 일처리가 면밀해야지.
산골은 험해도 소금을 꼭 보내야 하고
배로 옮긴 곡식은 빼가는 틈을 막아야지.
장정의 명부를 빈틈없이 점검하고
농간 부리는 아전을 내버려둬선 안 되네.
내 평소에 경제經濟를 배웠나니
군자들과 공유하기를 바라고 있네.
우리 백성 날이 갈수록 초췌해 가니
특히나 잘 가르쳐 써야 옳으네.
과거제도는 학문을 진흥하지 못하고
명 판결이 소송을 그치게 하랴.
농사고 양잠이고 법도가 전혀 없으니
누에 치고 씨 뿌리는 것부터 먼저 가르치게.

— 「양구楊口의 원님으로 가는 조카를 보내며」(『정유각집』 시집 2)

수령으로 부임하는 사람에게 다스림의 기본을 밝혔다. 백성에게 절실히 필요한 것은 경제다. 농사법을
교육하여 살림을 부유하게 해 주면 소송도 그치고 학문도 발전한다는 것이 사유의 근간이다.

# 과거론 1

科擧論

　　과거科擧란 무엇인가? 인재를 뽑기 위한 것이다. 인재를 뽑는 이유는 무엇인가? 앞으로 그들을 쓰기 위한 것이다. 인재를 뽑을 때 문장을 기준으로 삼는 것은 문장 솜씨를 이용하고자 해서이다. 인재를 뽑을 때 활쏘기를 기준으로 삼는 이유가 활솜씨를 이용하려는 데 있는 것과 같은 이치 아니겠는가?

　　그렇다면 오늘날의 과거는 무엇을 목적으로 하는가? 앞서 치른 과거에서 거두어들인 인재를 미처 기용하지도 않았는데 뒤에 치른 과거를 통해 또다시 급제자가 무더기로 배출된다. 3년 만에 한 번씩 치르는 대비과大比科 외에 반시泮試, 절일제節日製, 경과慶科, 별시別試, 도과道科라는 명목의 다종다양한 과거가 번잡하게 치러진다.

　　수십 년 동안 크고 작은 과거에서 배출된 인원이 국가에서 정한 관직의 정원보다 열 곱절 많다. 정원의 열 곱절쯤 되는 인원을 절대다 기용하지 못한다면 그중의 9할은 쓸데없이 배출한 인원임이 분명하다. 그렇다면 인재를 기용한다는 과거 본연의 목적은 과연 어디에 있단 말인가?

현재 치르는 과거에서는 과체科體의 기예技藝를 겨뤄서 인재를 시험한다. 그런데 그 문장이란 것이 위로는 조정의 관각館閣에서도 쓰지 못하고 임금의 자문에도 이용하지 못할 뿐만 아니라, 아래로는 사실을 기록하거나 인간의 성정을 표현하는 데도 불가능하다. 어린아이 때부터 과거 문장을 공부하여 머리가 백발일 때 과거에 급제하면 바로 그날로 그 문장을 팽개쳐 버린다. 한평생의 정기와 알맹이를 과거 문장 익히는 데 전부 소진했으나 정작 국가에서는 그 재주를 쓸 곳이 없다.

과거 시험에 쓰이는 시詩·부賦·표表·책策에는 포두鋪頭·포서鋪敍·입제入題·회제回題·초항初項·재항再項·중두中頭·허두虛頭와 같은 이름의 형식이 있다. 이른바 사서의四書疑·오경의五經義라는 것은 대부분이 진부한 내용에다 부화뇌동한 글이라서 한 글자도 진실한 지식이나 새로운 견해가 없다.

독서하는 자들은 글자를 보기만 하면 압운押韻할 것을 생각하고, 문구를 보기만 하면 시험 제목을 떠올린다. 그들은 어떤 말을 쓰기는 하지만 무슨 뜻인지를 모른다. 그런 기예로 인재를 뽑는 것은 참으로 허술하기 짝이 없는 방법이다. 더구나 남의 손을 빌려 글씨를 쓰고 글을 대작代作시키며, 능력도 없으면서 무턱대고 시험을 치르는 폐단은 너무나 많다.

지방의 각 고을에서 치르는 평범한 과시課試에도 답안을 바치는 자가 곧잘 천 명을 넘어서고, 서울의 대동과大同科에는 유생이 곧잘 수만 명까지 이른다. 수만 명이나 되는 많은 응시자를 두고 반나절 사이에 합격자 방榜을 내걸어야 하므로 시험을 주관하는 자는 붓을 잡고 있기에 지쳐서 눈을 감은 채 답안지를 내 버린다. 사정이 이 지경이므로 아무리 한유韓愈가 과거 시험을 주관하고 소식蘇軾이 문장을 짓는다 해도 번개같이 답안지를 넘길 테니 소식의 글솜씨를 알아차리기가 어려울 것이다. 아아! 당당한 선비를 선발하는 자리가 도리어 제비뽑기 놀이의 재수보다도 못한 형편이니 인재를 취하는 방법은 정말 믿을 수 없다.

사정이 이런 데다 또 문벌門閥과 붕당朋黨을 따지는 차별의 문제가 끼어 있어 그로 인해 붙기도 떨어지기도 한다. 요행히 이러한 난관을 극복하고서 기용되는 자가 나온다면 그는 억세게 운이 좋은 사람이다. 이렇게 인재를 기용하는 방법이 외형에 있지 능력에 있지 않음을 누구나 안다.

옛날 송宋나라 구양수歐陽修가 소식을 위하여 시험 날짜를 뒤로 물린 일이 있었다. 소식이 현명한 사람이라는 사실을 분명하게 알았기 때문에 구양수는 시험 날짜를 뒤로 물리면서까지 그를 거두어들였다. 그러나 지금 우리는 상황이 다르다. 과거 시험에 응시한 자들 가운데 어떤 사람이 전혀 쓸모없는 자인 줄 분명히 알면서도 그를 취할 수밖에 없다. 그자가 과거 시험 문장을 잘해서다. 과거 시험장

밖에 있는 자들 가운데 어떤 사람이 정말 쓸모 있는 인재인 줄 분명히 알면서도 그를 기용할 수 없는데, 학문에 박식한 자나 기술이 출중한 자가 바로 그들이다. 옛날의 과거는 인재를 취하려는 방법이었으나 오늘날의 과거는 인재를 제한하려는 방법이다.

사람이 태어나 나이 열 살 무렵이면 두각을 나타내면서 점차 성장하는데, 마치 대나무가 처음 솟아날 때부터 1만 자 크기로 자랄 기세를 보이는 것과 같다. 이때 과거 시험 문장을 가르쳐서 몇 해를 골몰하게 만들면 그 이후로는 병을 고칠 길이 없다. 요행히도 과거에 급제하면 그날로 지금까지 배운 학문을 버린다. 한 사람이 평생의 정기를 몽땅 과거 시험에 소진했건만 정작 나라에서는 그 사람을 쓸 데가 없는 것이다. 인재를 취해서 전혀 쓸모가 없는 것을 확인했으면서도 여전히 그 쓸모없는 과거 시험 문장을 채택하고 있다. 내가 하루 종일 밥을 먹지도 않고 밤이 새도록 잠을 설치면서 생각에 생각을 거듭해도 그 이유를 알 수 없다.

"우리 조선의 역대 명신들이 이 시험을 거쳐 배출된 자가 많다"라고 말하는 자가 있는데, 그것은 사정을 모르는 소리다. 천하의 모든 길을 막아 놓고 문을 하나만 만들어 놓는다면 공자라 할지라도 그 문을 통해 가야 할 것이다. 더구나 옛날의 과거를 오늘날의 과거와 비교할 수 없다. 어째서 그러한가? 옛 임금님이 나라를 다스릴 때에는 과거에 응시한 유생儒生의 수효가 400명을 채웠다고 하여 축하를 받은 일이 있었다. 400명의 응시자를 두고서 수가 가장 많았다고 한다면 다른 때는 따져볼 것도 없다. 시험장에 들어가는 일 한 가지를 보더라도, 먼저 들어가려고 싸우는 짓거리나 남의 발에 짓밟히는 사고가 발생하지 않았을 것이다.

현재는 그때보다 100배가 넘는 유생이 물과 불, 짐바리와 같은 물건을 시험장 안으로 들여오고, 힘센 무사들이 들어오며, 심부름하는 노비들이 들어오고, 술 파는 장사치까지 들어온다. 그러니 과거 보는 뜰이 비좁지 않을 이치가 어디에 있으며, 마당이 뒤죽박죽 안 될 이치가 어디에 있겠는가? 심한 경우에는 망치로 상대를 치고, 막대기로 상대를 찌르면서 싸운다. 문에서 횡액을 당하기도 하고, 길거리에서 욕을 얻어먹기도 하며, 변소에서 구걸을 요구 당하는 일도 일어난다. 하루 동안 과거를 보게 되면 머리털이 허옇게 세어지고, 심지어는 남을 살상殺傷하거나 압사壓死하는 일까지 발생한다. 온화하게 예를 표하며 겸손해야 할 장소에서 강도질이나 전쟁터에서 할 짓거리를 행하고 있으므로 옛사람이라면 반드시 오늘날의 과거장에는 들어가지 않을 것이다.

내가 들은 바로는, 중고中古 시대의 사대부들은 보고 싶지는 않지만 부득이하여 억지로 과거 시험을 본다는 겸손한 마음을 가지고 있었다고 한다. 그러나 오늘날에는 온 나라 사람이 과거 시험장에 들어가면서 은연중 성명性命으로 보나 의리義理로 보나 과거를 보지 않아서는 안 된다는 생각을 품은 듯하다. 과거에만 쓰이는 형편없는 문체나 아는 안목으로 방자하게 저 육경六經과 고문古文에 대해 지껄

여댄다. 그 짓거리가 경전의 참뜻을 반대로 해석하고, 고인을 모욕하는 지경에까지 이르고야 만다. 세상 꼴이 어떻게 되어 갈지 걱정이 이루 말할 수 없다.

그렇기 때문에 오늘날 개혁해야 한다면 과거보다 먼저 손대야 할 것이 없고, 과거의 개혁을 주장한다면 중국의 과거제도를 배우는 것보다 앞설 것이 없다. 첫 번째 것이 문체文體이고, 두 번째가 시험관이며, 세 번째가 쇄원鎖院(시험 결과가 발표되기 전까지 응시자를 시험장에 가둬 두는 일)이다.

중국 역시 문장으로 선비를 뽑기는 마찬가지다. 사부詞賦(시와 부로, 과거 시험에 쓰이는 운문)는 수당隋唐 시대부터 시작되었고, 팔고문八股文(명청의 과거 시험 문체)은 왕안석王安石으로부터 출발했는데, 이 문체가 천하를 병들게 하여 지금은 극한에 이르렀다. 그러나 경의經義(경서의 뜻을 풀이하는 과거 시험의 방법)와 전책殿策(임금이 직접 책문策問하는 것)은 웅장하고 전아하여 체제가 잘 갖추어져 있다. 오언시五言詩에 8개의 운을 다는 과체시科體詩는 정교하면서도 아름답다. 갑부甲賦(당송 시대에 과거에 응시할 때 짓는 부賦)는 시원스럽고, 협운叶韻은 근거가 있어 다락에 오르면 시야가 확 트이는 느낌을 받는다. 이 문체는 우리의 고문古文이 미치지 못하는 장점이 있다.

만약 과거제도를 완전히 없애 삼대三代의 옛 제도를 복구할 수 없다면 중국의 제도를 채택하자. 그러면 일시의 이목을 새롭게 하고 온 나라의 중병을 구하기에 충분하다. 풍속이 뒤바뀌어 높은 수준에

도달할 수 있을 것이다. 또 중국에서는 과거 합격자 명단을 대체로 시험일로부터 1개월 뒤에 발표하고, 시권試券의 끝에 누가 답안을 평가했는지를 반드시 써서 지원자에게 돌려준다. 천하 사람들에게 합격하고 불합격한 이유가 무엇인지를 분명하게 알도록 한다.

과거 시험 주관자가 현명한 자라면 그 직책을 오래도록 맡아 자리를 옮기지 않는다. 또 편수관編修官이나 한림翰林 중에서 이름이 있는 자를 제대로 뽑아 각 성省의 시험장에 나누어 파견한다. 그가 주관한 시험에 합격한 문생門生의 우열에 따라 시험 주관자의 영욕榮辱을 판가름한다. 따라서 재능이 없는 자가 함부로 응시하지 못하고, 명예나 좋아하는 자가 시험 보기를 꺼려한다.

또 중국의 과거 시험은 모두 건물 안에서 문을 닫아건 채 치르는데 이를 장옥場屋 또는 쇄원鎖院이라 부른다. 이를 통해 간사한 행위를 방지하고 비바람을 맞지 않도록 대비한다. 일찍이 중국의 시험 장면을 그린 그림을 본 적이 있는데, 가시나무로 주변 둘레를 에워싼 시험장이 빈틈이 없고 견고했다. 선비 하나에 방 하나를 주고, 뜰 한 칸을 배정했으며, 붓과 벼루·음식·오줌통과 같은 물건이 모두 그 안에 놓여 있었다. 두 명의 나졸이 그를 지키는데 한 사람은 심부름을 하고 한 사람은 문을 지키고 있었다. 그들의 법은 이렇다.

이제 우리의 법대로 선비를 뽑는다고 해도 시험장은 500칸 규모의 건물이면 충분하고, 중국의 법대로 뽑는다면 3년 뒤에는 200칸 규모의 건물이면 충분하다. 옛날의 덕행德行과 육예六藝를 기준으로

평생도 중 소과응시小科應試(부분)
작자 미상, 19세기, 종이에 담채, 36.0×13.0cm, 국립중앙박물관 소장

뽑아서 선비 100명을 얻는다면 나라를 다스리고도 남을 것이다. 시험장 건물을 마련하는 것이 무엇이 어렵겠는가?

어떤 자는 "지금 유생이 나라 안에 두루 퍼져 있으니 누가 일일이 그들을 구분할 수 있겠는가?"라고 말하리라. 하지만 그것은 어렵지 않다. 능력이 있는 자는 반드시 뽑고, 무능한 자는 반드시 쫓아낸다면 사람들이 무엇 하러 헛수고만 하고 아무 결과도 없는 과거 시험을 보려고 하겠는가? 자기들 스스로 시험장으로 나오지 않을 것이다.

이렇게 하여 문을 닫아건 채 시험을 치르고, 남이 쓴 글을 베끼는 짓이나 능력도 없으면서 무턱대고 시험을 치르는 행위를 엄중히 금지한다면, 확고한 주견을 세울 능력을 갖춘 자가 아니면 시험장에 나오지 않을 것이다. 또 유생의 능력 여부와 항간에 떠도는 공론을 장부에 기록하여 꼭 시험 답안과 참고하여 살펴보는 방법이 옳다. 이렇게 함에도 불구하고 합당하지 못한 자를 뽑는 일은 없을 것이다. 다만 아무리 그렇게 해도 천하의 선비를 어떻게 과거라는 제도로 다 얻을 수 있겠는가?

# 과거론 2
科擧論二

목적이 있어 선행善行을 했다면 그 선행은 틀림없이 억지로 행한 위선이다. 반면에 목적이 없는데도 선행을 했다면 그야말로 진정한 선행이다. 마찬가지로 진정한 인재를 얻고자 한다면 뜻하지 않은 방법으로 불시에 인재를 시험하는 것과 버림받은 많은 사람 가운데서 인재를 선발하는 것을 반드시 실행에 옮겨야 한다. 그다음에야 인재의 수가 많아져 얼마든지 골라 쓸 수 있을 것이다. 버림받은 많은 인재들은 스스로 선을 긋는 탓에 과거 시험과는 단절되어 있다. 뜻하지 않은 방법으로 불시에 인재를 시험하지 않는다면, 조금 똑똑한 사람이라면 10여 일에서 한 달 정도만 과거에 쓰이는 문장을 공부하여 너끈히 합격할 수 있다. 따라서 법을 잘 만드는 이는, 그 법을 이용해서는 중등中等의 선비를 낚고, 법을 초월한 제도를 이용해서는 상등上等의 선비를 얻을 것이다.

국가에서는 과거 문장으로 인재를 뽑는다. 이익과 녹봉이 과거에 박제가 친필 『북학의』 외편 「과거론 2」

달려 있고, 공명이 과거에서 나온다. 이 세상에 태어난 사람은 이 방법이 아니면 큰일을 하는 데 참여할 기회가 없다. 그러나 큰 뜻을 품은 선비는 자유롭게 떠돌며 과거 시험장에는 들어가지 않고 과거를 비루하게 여겨 말도 꺼내지 않는다. 왜 그런가?

그 사람은 마음속으로 과거 문장은 옛날에 쓰던 문장이 아니고, 과거제도는 옛날에 인재를 고르던 방법이 아니라고 생각한다. 좋아하는 것이 이 세상과 부합하지 않고, 배운 것이 자기에게 아무 이익이 없다고 여겨 차라리 곤궁함과 굶주림의 생활을 달게 여길지언정 자기 소신을 버리고 과거 보는 짓거리는 하지 않겠다고 생각하는 것이다.

오늘날 조정에서는 문벌을 따져 인재를 기용하는데, 문벌 집안에 속하지 않은 사람은 모두 날 때부터 비천한 신분이다. 그러나 바위굴에 거처하며 한미하게 사는 은사나 여항閭巷에서 부대끼며 사는 많은 평민들 가운데 오히려 한평생 깨끗하게 행동하며 학생 교육을 게을리 하지 않는 이들이 있다. 그들은 두려움과 위축됨으로 행동에 제약을 받지 않고 요행을 바라서 더 열심히 하려고 하지 않는다. 이들은 모두 목적이 없는데도 선행을 하는 사람이다. 그러므로 그들의 선행이야말로 진정한 선행이라 할 수 있다.

만약 과거 시험장에 모인 선비들에게 불쑥 호령하여 "옛날에 쓰이던 시부詩賦를 지을 수 있는 자는 남고 그렇지 못한 자는 밖으로 나가라! 잘 짓지도 못하면서 버티고 있는 자에게는 죄를 내릴 것이다"라고 한다면 물러나는 자가 반드시 절반이 넘을 것이다. 또 호령하여 "한漢나라 때의 『염철론』鹽鐵論[1]이나 「치하책」治河策[2]과 같은 책략策略을 지을 수 있는 자는 남고 짓지 못할 자는 나가라! 잘 짓지도 못하면서 버티고 있는 자에게는 죄를 내릴 것이다"라고 한다면 물러나는 자가 또 반드시 열에 여덟아홉이 될 것이다. 이렇게 몇 차례 시

---

1   『염철론』은 한(漢)나라 소제(昭帝) 때 소금과 철의 전매제도(專賣制度)를 존속할지를 놓고 승상 차천추(車千秋)·어사대부(御史大夫) 상홍양(桑弘羊) 등이 전국에서 소집된 현량(賢良) 60여 명과 함께 조정에서 토론한 내용을 환관(桓寬)이 편찬한 것이다. 모두 16편으로 경제를 다룬 저술이다.
2   「치하책」은 전한(前漢) 때의 관리인 가양(賈讓)이 황하(黃河) 치수(治水)의 세 가지 방안을 상소한 것으로, 후대의 치수 방안에 큰 영향을 끼쳤다.

행한다면 이전에 문이 막힐 만큼 몰려들어 시험장을 꽉 메운 선비들이 모조리 사라지고 가의賈誼, 육지陸贄, 소식[3]과 같은 학자들이 그제야 비로소 간간이 찾아올 것이다. '진정한 인재를 얻고자 한다면 뜻하지 않은 방법으로 불시에 인재를 시험해야 한다'고 말한 이유가 여기에 있다.

또 온 나라에 호령을 내려 "벌열閥閱 출신 밖에서 재능과 덕망이 출중한 자와 기술과 예술 가운데 하나라도 잘하는 자가 있으면 반드시 천거하라! 천거한 자에게는 상을 주되 가로막고 천거하지 않은 자에게는 반드시 벌을 내릴 것이다"라고 한다면 그제야 서울로부터 멀리 떨어진 지방에서 독서하는 선비나 기이한 재능을 가진 비천한 인재들을 모두 조정에 세울 수 있다.

『서경』에서 "명철한 인재를 발굴하되 미천한 인재도 드러내라"라고 한 말이나 은나라 탕湯임금이 "현자를 세우되 출신 성분에 구애받지 말라"라고 한 말이 여기에서 벗어나지 않는다. "버림받은 많은 사람 가운데서 인재를 선발하는 것을 반드시 실행에 옮겨야 한다. 그다음에야 인재의 수가 많아져 얼마든지 골라 쓸 수 있을 것이다"라고 말한 이유가 여기에 있다.

---

3   가의(기원전 200~기원전 168)는 한나라 문제 때의 학자·정치가이고, 육지(754~805)는 당나라의 관료이자 학자다. 가의, 육지, 소식은 모두 특별한 인재 추천 방법으로 황제에게 인정을 받았거나 과거에 급제했다.

오늘날 시무時務를 말하는 자들은 누구나 할 것 없이 "과거제도의 폐단이 가장 심하다"라고 한다. 이것은 폐단의 근원을 더듬어 찾지 않고 그 지엽말단만을 좇아서 내린 분석이다. 『중용』中庸에서 "필요한 사람이 있으면 정사가 잘 시행되고, 그 사람이 없으면 정사가 제대로 시행되지 않는다"라고 했다. 오늘날의 과거제도가 폐단을 말끔하게 제거하고, 옳지 못한 급제 방법을 엄하게 막으며, 선발 기준을 엄격하게 적용했다고 하자. 이 선발 기준에 부합하는 인재를 뽑았다고 해도 그가 과연 문벌 집단의 훼방을 받지 않을 수 있을까? 진출을 가로막는 붕당朋黨의 훼방을 받지 않을 수 있을까? 그중 한 가지만 갖고 있어도 아무 보탬이 되지 않는다.

따라서 오늘날 인재의 기용이 과거에 달려 있다고는 하나 결과적으로는 과거가 아니고, 인재의 선택이 문장에 달려 있다고는 하나 결과적으로는 문장이 아니다. 인재를 얻고자 시권試券을 봉인封印하고 답안의 글씨를 바꿔 써서 간사한 행위를 막는 방법을 마련해도 결국에 가서는 아무 소용이 없다.

시권을 봉인하고 답안의 글씨를 바꿔 쓰는 방법을 왜 굳이 따지는가? 옛날 조종조祖宗朝에서는 생원시生員試와 진사시進士試의 장원壯元을 매우 중시했는데 장원한 사람이 나중에는 청현직淸顯職에 오르는 길을 밟기 때문이다. 그래서 장원을 뽑을 때 결국에는 풀로 붙인 겉봉을 반드시 뜯어 보고 혁혁한 문벌 사람을 뽑아서 합격시켰다. 왜냐하면 뜯어 보지 않을 경우 문벌이 혁혁하지 않은 자나 붕당에 걸림돌이 되는 자가 합격할 수도 있기 때문이었다. 따라서 차라리 법을 무시하고서라도 사사로운 이익을 도모했다. 이렇다 보니 풀로 답안을 봉인하는 법이 과거에 아무 보탬이 되지 않는다.

이로 말미암아 보건대, 오늘날의 풍습을 따르면서 과거제도의 폐단을 혁신하고자 한다면, 문벌을 배려하여 여러 등급의 과거를 베풀고 붕당을 배려하여 여러 등급의 과거를 베풀어야 한다. 그다음에야 과거제도에 대하여 비로소 논할 수 있을 것이다. 그렇게 하지 않으면 과거를 완전히 폐지하여 아무 것도 남기지 않고서 자기들에게 소용되는 사람만을 뽑을 것이다. 그러니 군이 문벌이니 붕당이니 과거에 걸림돌이 되는 것을 만들어 놓고, 걸림돌이 되지 않는 사람을 도리어 과거 때문에 걸림돌이 되게 만들 필요가 있을까?

# 정유년 증광시에 제출한 시사책

附丁酉增廣試士策

아! 시사試士란 무엇을 말합니까? 선비를 시험한다
는 뜻입니다. 세상에는 도덕이 높은 선비가 있고, 문학에 뛰어난 선
비가 있으며, 기예에 능력을 지닌 선비가 있습니다. 그렇다면 오늘
날 선비의 관을 쓰고 선비의 옷을 입고서 허우적허우적 책을 끼고
다니는 자가 과연 이 몇 가지 재능을 겸비하고 있는지를 시험하겠습
니까? 아니면 그 가운데 한 가지 재능만을 골라 시험하겠습니까?

도덕이 높은 선비, 문학에 뛰어난 선비, 기예에 능한 선비 가운데
어떤 자는 천리 멀리 떨어져 있는 사람과 어깨를 나란히 하고, 어떤
자는 천년 전 옛사람의 뒤를 쫓으려 합니다. 그것을 보면 옛날의 선
비처럼 되기가 이렇게 어려운데 그 이유가 무엇일까요?

오늘날 선비의 관을 쓰고 선비의 옷을 입고서 과거 시험장을 가
득 메우고 온 나라에 두루 퍼져 있는 자들은 선비 아닌 자가 없습니
다. 그들을 시험하는 방법이 과연 모두 올바르기에 그 수가 많을까

요? 아니면 그들의 재능이 과연 그 시험에 합격할 수준이라서 그럴까요? 옛날의 선비는 수가 적었어도 후세에 꼭 이름을 전하고 오늘날의 선비는 수가 많아도 세상에 이름이 알려지지 않습니다. 그 이유가 무엇일까요? 한나라 때의 선비는 경술經術에 월등한 재능을 보였고, 당나라 때의 선비는 시부詩賦에 월등한 재능을 보였는데 그것은 그들의 재능이 특별해서가 아닙니다. 그들을 시험하는 방법이 달랐기 때문입니다.

그렇다면 오늘날 선비를 시험하는 내용을 대략 짐작할 수 있겠습니다. 공령문功令文이라는 껍데기로 한 개인의 내면에 온축한 포부를 점치고, 들뜨고 허황한 상투어로 천하의 문장을 구속하려 하며, 한순간의 잘잘못으로 평생의 진퇴를 결정하는 것이 바로 오늘날의 시험입니다. 명성으로 선비를 시험하면 앞 다투어 명성을 얻으려 하고, 이익의 성취로 선비를 시험하면 앞 다투어 이익을 추구하려 합니다. 품계와 녹봉이 미끼가 되고 일신의 영달이 시험에 달려 있습니다. 따라서 물과 불 속에 잘 들어가는 것으로 시험을 치른다면 물과 불 속으로 뛰어들지 않을 자가 거의 없을 것입니다. 선비들이 품은 뜻이 남들과 달라서일까요? 시험의 풍습이 선비를 저렇게 만들었을 뿐입니다.

그러므로 선비를 시험하는 명목은 옛날과 똑같아도 선비를 시험하는 효과는 다르고, 선비를 시험하는 의의는 같아도 선비를 시험하는 방법은 제각각 다릅니다. 먼 과거로부터 현재에 이르기까지 선비

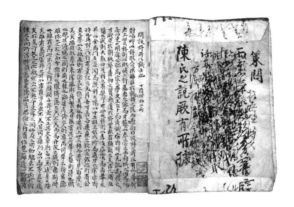

『책문』策問　책문 선집으로 책의 맨 앞에 1777년 2월 25일 거행된 증광시 이소二所의
시험 문제와 우수작이 실려 있다. 그 가운데 박제가의 답안이 보인다. 역자 소장 필사본

를 시험하는 방법은 몇 차례나 바뀌었는지 모릅니다. 경전에서 살펴

보면, "그가 쓸 만한 사람인지를 시험해 보고 다른 사람은 물리쳐라"

라고 한 글이 『상서』尚書에서 요堯임금을 묘사한 글에 나오고,[1] 네 가

지 과목으로 인재를 취한다는 표준은 『논어』論語에 실려 있습니다.[2]

　하은주夏殷周 삼대三代의 조사造士(학문을 성취한 선비)와 전국戰國시

대의 식객食客, 전한前漢 때의 효렴孝廉, 후한後漢 때의 관리, 위진魏晉

---

1　『서경』「요전」(堯典)에 나오는 글이다. 요임금이 홍수의 피해를 막을 인재가 누구인
가를 묻는 말에 사악(四岳)이 응답한 말이다. 그 내용은 곤(鯀)이란 사람이 쓸 만한 사람
인지를 시험 삼아 써 보고, 그가 홍수를 다스리는 재능만을 취하고 다른 재능까지 겸비
할 것은 요구하지 말라는 의미이다.
2　『논어』「선진」(先進)에, 공자의 문하에서 제자들을 가르치던 네 가지 표준으로 덕행
(德行), 언어(言語), 정사(政事), 문학(文學)을 말했다.

때의 구품중정九品中正이 각 왕조에서 인재를 뽑는 제도에 따라 선발한 인재입니다. 사부詞賦로 인재를 뽑는 제도는 수隋나라·당唐나라에서 시작되었고, 팔고문八股文 제도는 왕안석에서 시작되어 송宋·원元·명明·청淸까지 이르렀습니다. 각 시대마다 각기 다른 방법으로 선비를 시험했고, 각기 다른 기준으로 인재를 취했습니다. 그 변천사를 통해 제도의 이동異同과 잘잘못을 얼마든지 검토해 볼 수 있습니다만 결국은 자기 시대에 적합한 제도를 만들려는 노력에 따라 그만한 변천을 겪어 왔던 것입니다.

한편으로는 앞서 말한 이른바 도덕이 높은 선비, 문학에 뛰어난 선비, 기예에 능한 선비도 왕왕 과거 시험을 통해 배출되었습니다. 그러자 마침내 세상에는 과거에 목숨을 걸고, 과거를 모든 의리의 귀결처로 아는 학자들까지 생겼습니다. 오늘날 선비를 시험하는 제도가 옛날의 선비를 시험하는 제도와 다르다는 사실을 그들은 전혀 모릅니다. 집안에서 대대로 전해 오며 집집마다 학습하는 내용은 모두가 여기저기서 주워 모은 진부한 말에 불과한데도, 제 자랑하고 자신을 파는 짓거리가 입신立身하려는 첫해부터 발생하는 것입니다. 이로부터 선비를 시험하는 법이 점차 무너지는 길로 들어섰습니다. 그러니 시무時務를 아는 자가 더 늦기 전에 개혁하지 않을 도리가 있겠습니까?

어리석은 저는 고금의 제도를 절충하여 제 생각을 글로 써서 이 시대의 군자에게 한번 말씀드리려 마음먹은 지 오래되었습니다. 이

제 영광스럽게도 그에 관한 질문을 받게 되니 얼마나 다행스러운지 모르겠습니다.

이에 따라 두루 말하고 조목조목 설명하여 그 폐단을 고치는 방안을 피력했는데 그 내용은 앞에 실린 두 편의 「과거론」과 취지가 대략 같다.

시험을 주관했던 이명식李命植 공이 이 글을 크게 칭찬하면서 "이 글은 시속의 정문程文으로 취급해서는 안 된다"라고 하면서 일등으로 뽑았다. 그러나 폐단을 고치는 방법을 논한 글의 아래 대목에는 격식을 위반한 말을 구사한 것이 있었다. 다른 시험관이 그것을 근거로 내 글을 내치려고 했다. 그러자 이공은 그럴 수는 없다고 했으나 결국 등수를 내려서 3등으로 매겼다.

나는 사실 과거에 응시하는 책문을 익힌 적이 한 번도 없었다. 우연히 과거 시험장에 들어가 옆 사람이 짓는 것을 엿보았더니 그다지 어려울 것이 없었다. 마침내 글의 머리 부분을 얽어서 완성하고 그 아래의 정식程式은 친구 이희명李喜明을 시켜 채워 넣도록 했다. 나는 한편으로는 글씨를 쓰고 한편으로는 문장을 부르면서 "이것이 어찌 용두사미龍頭蛇尾 꼴이 아니겠나?"라고 말했다. 이군이 웃으면서 "자네는 본래 꼬리가 없지 않은가? 자네가 머리니 꼬리니 가릴 자격이 있나?"라고 했다.

그때 마침 해는 저물고 바람은 불어와 손이 가는 대로 글을 써서 바쳤다. 답안을 제출한 자체로 만족했을 뿐 합격하고 말고는 마음에 두지 않았다. 마음에 흔쾌하지 않은 일은 감출수록 더욱 드러나게 마련이다. 우연히 높은 성적으로 뽑혀서 사람들의 비웃음을 야기한 일이 지금도 여전히 부끄러울 뿐이다. 무술년(1778) 가을 박제가는 기록한다.

# 중국어 교육과 문명사회

중국어, 통역, 골동품과 서화

난양漢陽의 여름철은 계문薊門의 겨울에 이어지니
내년에는 이 길에서 분명 봄을 만나리라.
천 년 전 빈공과에 급제했던 최치원 선생과
만 마디 봉사를 올렸던 조중봉 어른!
옅은 재주 형편없어 사신 노릇 창피하고
당당한 선배들과 감히 행적을 겨루랴?
가소롭다 역관에 의지하여 만사를 처리하니
책문만 들어서면 하는 일 거의 없네.

— 「동짓날 지은 시에 다시 차운하다」(『정유각집』 시집 3)

북경으로 가는 길에 감회를 읊었다. 중국에 들어가 선진 문명을 배우려 했던 선배들에게 존경심을 표했다. 문명의 빠르고 정확한 흡수를 위해 중국어를 배워야 한다는 생각을 밝혔다.

# 중국어
漢語

중국어는 문자의 근본이다. 예를 들면, 천天을 그대로 티엔天이라고 부르는데 우리처럼 우리말로 풀어서 '하늘 천'이라고 하는 겹겹의 장벽이 전혀 없다. 따라서 사물의 이름을 분간하기가 특히 용이하다. 글을 모르는 부인이나 어린아이도 일상적으로 쓰는 말이 모두 제대로 문구文句를 이루고, 경전과 역사서, 제자서諸子書, 문집에 있는 글월이 입에서 줄줄 쏟아져 나온다. 어째서 그러한가? 중국은 말로 인해 문자가 생성되며, 문자를 탐구해서 그 말을 풀이하지 않기 때문이다. 따라서 외국이 문학을 숭상하고 독서하기를 좋아하여 그 수준이 거의 중국에 가깝다고 해도 결국에는 중국과 차별이 발생하지 않을 수 없다. 언어라고 하는 하나의 커다란 눈꺼풀을 결코 벗어버릴 수 없기 때문이다.

우리나라는 중국과 가깝게 접경하고 있고 글자의 소리가 중국의 글자 소리와 대략 같다. 그러므로 온 나라 사람이 본래 사용하는 말을 버린다고 해도 안 될 이치가 없다. 이렇게 본래 사용하는 말을 버린 다음에야 오랑캐라는 모욕적인 글자로 불리는 신세를 면할 수 있고, 수천 리 동국東國에 저절로 주周·한漢·당唐·송宋의 풍속과 기운이 나타날 것이다. 이 어찌 크게 상쾌한 일이 아닌가?

이 말에 어떤 자는 이렇게 반박하기도 한다.

"중국은 말이 문자와 동일하다. 따라서 말이 변하면 문자의 소리도 그에 따라서 변한다. 우리나라는 말은 말대로 사용하고, 글은 글대로 사용한다. 따라서 맨 처음 받아들여 배운 한자의 소리를 그대로 유지할 수가 있다. 중국의 경우 침운侵韻이 진운眞韻과 혼동되어 쓰이나 우리나라는 입성入聲에 여전히 종성終聲이 남아 있다. 어느것이 옳고 어느 것을 취해야 할지 누가 판단하여 결정할 수 있으랴?"

그 반박에 나는 이렇게 답하겠다. 내가 앞에서 말한 것은 그렇게 해야만 중국과 대등해질 수 있다고 생각해서다. 중국과 대등해지지 않는다고 할 것 같으면 한자의 소리가 옛날의 소리와 같다고 한들 아무런 소용이 없다. 따라서 문자와 말을 하나로 통일시키면 충분하다. 옛 한자의 소리가 바뀐 문제는 운학韻學에 정통한 학자에게 맡겨 고증하게 해도 충분하다.

옛날 기자箕子가 5천 명의 백성을 이끌고 평양에 와서 도읍을 정했다. 그러므로 백성들이 기자가 쓴 중국의 말을 배웠을 것이 분명하다. 한漢나라 때에는 조선이 그 영역으로 편입되어 한사군漢四郡이 설치되기도 했다. 그때 사용되던 중국어가 전해지지 않는데 그 이유는 무엇일까? 혹시 발해의 땅이 완전히 요동으로 편입되면서 한사군의 백성들이 중국으로 들어가고 우리 조선으로 귀속하지 않은 결과는 아닐까?

현재 토착 말에는 신라 말이 많은데 서울徐菀, 니사금尼斯今 같은 말이 그 실례다. 고려의 왕씨王氏가 원나라와 교역하면서 몽골어가 섞였는데 복아卜兒, 불화不花, 수라水剌 같은 말이 그 실례다. 임진년(1592)에는 명나라 원군이 조선의 사방에 출정出征했다. 그로 인해 중국어를 배운 백성들이 많았다. 지금도 그때 익힌 중국어가 남아 있다.

역대 임금님께서는 중국어를 익히도록 명을 내리셔서 조회朝會를 하는 자리에서 우리말을 사용하지 못하도록 금지하는 팻말을 세워 놓으셨고, 백성들에게는 중국어로 소송에 임하도록 요구하셨다. 단순히 외교사절 사이에 통역하려고 그렇게 조치하셨겠는가? 장차 큰 일을 도모하고자 한 일이었을 텐데 말을 완전히 바꿀 수는 없었다. 오호라! 지금은 중국어를 오랑캐가 지껄이는 조잡한 언어로 여기지 않는 자가 거의 없다.

# 통역
## 譯

         청나라가 흥성한 이래로 우리 조선의 사대부는 중국을 부끄럽게 여겼다. 억지로 사절使節을 받들어 가기는 하지만 일체의 행사나 문서와 대화를 주고받는 일을 모조리 역관에게 맡겨 버린다.

  책문柵門에 들어서서 북경에 이르는 2천 리 길에서 거쳐 가는 주현州縣의 관원과 상견례 하는 법이 없다. 다만 각 지방에 통관通官[1]이 배치되어 사절을 접대하고 말에게 먹일 꼴과 사절단이 먹을 식량을 공급하는 비용이나 처리할 뿐이다. 이는 저들의 의도에서 나온 것만은 아니고 우리 쪽에서 저들을 싫어하여 쳐다보지 않는 데도 이유가

---

1    통사관(通事官)의 준말. 청나라에 설치된 관직명으로 외국 사절과의 통역과 번역을 관장했다. 『청통전』(淸通典) 「직관(職官) 3」에 "조선통사관(朝鮮通事官)은 만주(滿洲)에 12명이 있는데 관사에서 말에 먹일 꼴을 준비하는 일을 관장하고 나아가 외국어를 통역하고 그 문자를 익히는 일을 관할한다"라고 했다.

있다.

이렇다보니 예부禮部와 접촉한다 해도 입으로 무슨 말을 할 수가 있으랴? 역관이 이러저러하다 하면 그대로 따를 수밖에 없다. 조선관朝鮮館 안에 틀어박혀 있다 보니 눈으로 무엇을 관찰할 수 있으랴? 역관이 이러저러하다 하면 그대로 따를 수밖에 없다. 아무리 귀를 기울여 들어보아도 지척 사이에서 도대체 무슨 말을 하는지를 알지 못한다.

통관이 뇌물을 좀 달라고 요구하면 역관들은 그들의 조종을 달게 받는다. 저들의 뜻을 받들어 허둥대면서 혹시라도 저들의 마음에 들지 못할까 벌벌 떤다. 그 사이에 한없는 계략이 숨어 있기라도 한 듯이 늘 조바심을 내는 것이다. 역관들을 너무 의심하는 것은 지나친 처사지만 그렇다고 너무 믿어 버리는 것은 안 된다.

또 사신을 해마다 새로 뽑아서 파견하기 때문에 사신으로 가는 일이 해마다 생소하다. 다행스럽게도 천하가 평화로운 시절이라 서로 관련된 기밀이 없으므로 역관들에게 통역을 맡긴다 하더라도 별다른 큰 사건이 발생하지 않는다. 하지만 불의의 전란이라도 발생한다면 팔짱을 낀 채 역관의 입이나 쳐다보고 있을 수 있겠는가? 사대부가 이 문제에 생각이 미친다면 단지 중국어를 익히는 데만 그쳐서는 안 될 일이다. 만주어나 몽골어, 일본어까지도 모두 배워야만 수치스런 일이 발생하지 않을 것이다.

현재 역학譯學이 쇠퇴하여 훌륭한 통역자라는 칭송을 듣는 사람이 열 명도 채 되지 않는다. 이른바 열 명의 훌륭한 통역자조차 다 선발 시험에 뽑힐 수 없다. 그렇지만 일단 선발 시험에 뽑히면 입으로 중국어 한마디를 할 줄 몰라도 반드시 북경을 가는 사행使行에 충원시켜 역관의 녹봉을 받게 한다. 이와 같은 실정이므로 역관이라는 직책은 역관배들이 번갈아 가며 장사를 해 먹기 위하여 설치한 직책인 셈이다. 그러므로 두 나라의 말을 통역할 때 국사를 그르치거나 응답을 잘하지 못하는 결과를 낳지 않을 리가 없다.

따라서 재능이 있는 역관을 뽑을 때 기왕의 관례를 따르지 않는다면 통역 교육이 저절로 진흥될 것이다. 그렇다면 누가 역관의 시험을 주관하면 좋은가? 시험의 주관을 역관에게 맡기면 같은 패거리를 뽑을 것이고, 사대부에게 맡기면 귀머거리에게 맡기는 격이다. 이를 비유하자면 음률을 모르는 자에게 음곡音曲의 평가를 의뢰하는 격이니 킥킥대며 비웃지 않을 악공이 거의 없을 것이다. 하지만 역관의 선발 역시 사대부가 져야 할 책임이다.

관서關西 땅의 마부는 중국어는 잘하지만 글자를 아는 자가 드물어 아무리 노력해도 역관으로 만들 수 없다. 간혹 문장에 능숙한 자도 있는데 이들은 오직 장사하는 데만 익숙하여 관원이나 수재秀才를 접해 보지 못했다. 따라서 이들이 갑자기 먼 지방의 사대부나 표류한 배의 선원을 만나면 저들이 하는 말을 알아듣지 못한다. 그 이유는 남의 말을 배우는 것 자체가 어려워서가 아니라 남들이 하는

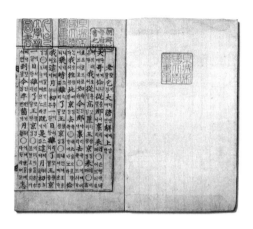

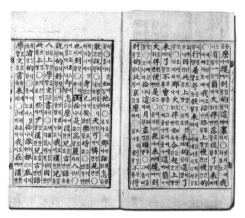

**노걸대언해老乞大諺解** 활자본(무신자), 정태화 찬, 1670년, 2책, 31.5×20.5cm, 서울 대학교 규장각 소장. 조선 시대의 중국어 교본인 『노걸대』를 1670년 사역원에서 언해하 여 무신자戊申字로 간인한 책이다.

이야기를 알아듣기가 어려운 데 있다. 남이 하는 말을 잘 알아들어야 지극한 즐거움이 생긴다. 일찍이 축지당祝芷堂[2]과 반난타潘蘭坨[3] 등이 대화를 나눌 때 시부詩賦와 다양한 학자의 어휘를 뒤섞어 사용할 뿐만 아니라 왕왕 궁벽한 책을 꺼내어 대화를 나누기도 했는데 저 역관들도 그 대화를 알아들었다.

# 골동품과 서화

古董書畫

　　유리창琉璃廠[1] 좌우로 뻗은 10여 리의 거리와 용봉
사龍鳳寺 개시開市 따위의 장소에는 설렁설렁 구경해도 번쩍번쩍 휘
황찬란한 물건들이 많아서 말로 표현하거나 형상으로 그려 내기가
불가능하다. 그것은 모두가 술잔과 제기, 골동품과 옥기玉器, 그리고
서화와 솜씨 좋은 장식품 따위의 물건들이다. 실제로는 진품을 보기
가 거의 힘들다. 그러나 수만금에 달하는 천하의 재물이 모두 이곳으
로 몰려들어 물건을 사고파는 자들이 하루 종일 끊어짐이 없다.

　　그런 모습을 보고서 어떤 사람이 말했다.

　　"넉넉하기는 참으로 넉넉하다. 그러나 백성들에게 아무런 이익

---

1　북경 남쪽 지역에 있는 거리 이름. 청나라 건륭(乾隆) 연간에 사고관(四庫館)을 개설
하면서 전국의 학자들이 북경으로 몰려들었다. 이에 서적, 골동품, 서화, 비첩(碑帖), 문
구 등을 취급하는 상점을 개설했는데 특히 서점이 많았다. 현재도 천안문 광장 앞에 문
화의 거리로 유리창이 존속해 있다.

을 가져다주지 못하니 그 물건을 전부 불에 태운다 한들 무슨 문제나 결손이 생기겠는가?"

그 사람이 한 말은 아주 옳아 보이지만 실상은 그렇지 않다. 저 푸른 산과 흰 구름은 분명 먹거나 입을 물건이 아니나 사람들은 사랑하여 마지않는다. 만약 저 골동품과 서화가 백성들과 아무 관련이 없다는 이유를 들어 좋아할 줄 모르는 우매하고 완고한 사람이라면, 그런 사람을 도대체 어떤 부류로 취급해야 할까?

따라서 짐승 벌레 물고기 따위는 이름을 가진 동식물이요, 술잔 술독 제기 따위는 형태와 모양을 가진 물건이요, 산천 사시사철 서화 따위는 의미를 지닌 현상인데, 『역경』易經에서는 그것에서 형상을 가져왔고, 『시경』詩經은 그것에 감흥을 실어 표현했다. 그것이 어찌 아무 근거가 없이 이루어졌겠는가? 내 생각으로는, 이렇게 하지 않으면 인간의 내면적 지혜를 살찌울 수 없고, 하늘로부터 받은 생(天機)을 마음껏 발휘할 수 없다.

우리나라 사람의 배움은 과거 시험의 범위를 벗어나지 않고, 견문은 조선의 강역을 넘어서지 못한다. 대장경大藏經의 종이를 접하면 더럽다 여기고, 밤색 빛깔이 나는 화로를 보고는 지저분하다고 생각한다. 그래서 세련되고 우아한 문명 세계로부터 자신을 서둘러 차단시켜 버린다.

꽃에서 자란 벌레는 그 날개와 더듬이조차도 향기가 나지만 똥구덩이에서 자란 벌레는 구물거리고 숨을 쉬는 것조차 몹시 추악하다.

사물이 본래가 이러하므로 사람이야 당연히 그렇다. 빛나고 화려한 환경에서 나서 성장한 사람은 먼지구덕의 누추한 처지에서 헤어나지 못한 자들과는 틀림없이 다른 데가 있다. 나는 우리나라 사람의 더듬이와 날개에서 향기가 나지 않을까봐 염려한다.

따라서 천하에서 보배로 간주하는 물건이 우리나라 땅으로 들어오면 모두 천대를 받는다. 하은주 삼대三代의 고기古器나 이름난 선현先賢의 진적眞蹟조차도 제값을 받고 팔지 못한다. 심지어 붓과 먹, 향, 차, 서책 따위의 물품은 그 값이 언제나 중국에 비해 반값이다. 모두 사대부가 옛것을 좋아하지 않는 결과이다.

내가 한번 유리창의 서사書肆 한 군데를 들어가 보았다. 서사의 주인이 피곤에 지쳐 있음에도 불구하고 매매 문서를 뒤적이느라 잠시도 쉴 틈이 없었다. 우리나라에서는 서쾌書儈(책 거간꾼, 책장수)가 책 한 종을 옆구리에 끼고 사대부 집을 두루 돌아다니지만 어떤 때는 여러 달 걸려도 팔지 못한다. 나는 이 일을 통해서 중국이 문명의 숲이라는 사실을 알게 됐다.

3장

# 북학의 실천

# 북학은 실생활에서부터 시작된다

이 장에서는 북학의 논리를 실제 생활과 생업의 현장에 적용한 것을 엮었다. 『북학의』 내편과 진상본에 실려 있는 내용을 중심으로 엮었는데 모두 42개 항목에 이른다. 외편에서 뽑은 것은 농업 항목에 포함된 「밭」과 「똥거름」, 「뽕과 과일」 3개뿐이다.

내용을 전개하는 방향은 뚜렷한 특징을 보인다. 하나는 저자가 중국을 여행하면서 직접 눈으로 확인했거나 아니면 직접 들은 내용을 구체적으로 묘사하는 것이다. 다른 하나는 조선의 실제 상황을 구체적으로 묘사하는 것이다. 특정한 주제를 놓고 조선과 중국의 실제 상황을 대비하여 보여 줌으로써 조선이 택해야 할 방향을 명쾌하게 보여 주고 있다. 다양한 분야에서 조선이 노출하고 있는 낙후한 실상과 중국의 선진적 실상을 대비함으로써 자연스럽게 선진적 문명과 시스템을 배워야겠다는 의욕을 일으킨다.

42개의 항목은 저마다 독자적인 내용을 담고 있다. 이를 대략 일곱 가지 소주제로 분류하여 이해할 수 있다. 첫째로 주목할 것은 교통과 운송 수단으로, 저자는 이것에 대해 깊은 관심을 두고 많은 분량을 할애하여 서술했다. 수레와 배의 적극적 활용, 도로나 교량과 같은 사회 인프라 구축에 대한 관심은 유통과 상업을 중시한 그의 사상과 밀접하게 관련된다.

둘째로 깊은 관심을 표명한 것이 건축이다. 성곽, 주택, 뜰, 창고의 영역에서 조선의 열악한 현황을 중국의 그것과 대비하여 제시했다. 건축에서는 벽돌과 중국식 기와의 도입을 제안했다. 그가 중국으로부터 도입을 주장한 두 가지 대표적인 제도가 바로 운송 수단인 수레와 건축 소재인 벽돌이다.

다음으로 많은 내용이 상업과 공업, 농업, 그리고 목축의 산업 분야로서 전체의 절반에 해당한다. 특히 주목할 점은 상업과 공업 분야의 발전에 큰 비중을 두었다는 사실이다. 그는 조선 사회가 과도한 농업 일변도의 산업구조를 가지고 있음을 비판하고 상업과 공업의 비중을 크게 높여야 한다고 주장했다. 그는 목축업에도 깊은 관심을 두었다.

이밖에 세부적인 사항으로 들어가면 다양한 주장이 전개된다. 몇 가지를 제시하면, 농기구와 물탱크, 수차, 잠업 기계 등 각종 기술과 기계를 도입하여 자체 제작하는 방안을 강구하는 문제, 노동의 효율

성을 제고하는 문제, 도량형과 각종 도구와 물자, 제도를 표준화하는 문제, 광석을 채굴하는 등 자원과 국토를 개발하는 문제, 직업의 분화와 전문화를 촉진하는 문제, 소비를 진작하여 제품 생산과 기술 발전을 유도하는 문제 등을 들 수 있다. 당시로서는 대단히 혁신적 발전안으로서 저자의 독창성과 예리한 안목이 돋보인다.

다양한 분야에서 많은 비판과 제안이 거듭되고 있으나 전체 내용을 꿰뚫는 것은 조선 사회 전반에 깔려 있는 낙후한 인프라와 의식이다. 그는 「주택」 항목에서 다음과 같이 지적하고 있다.

백성들은 살아오면서 눈으로는 반듯한 것을 보지 못했고, 손에는 정교한 기술을 익히지 못했다. 온갖 분야의 장인匠人과 기술자들이 모두가 이 가운데 배출되었으므로 모든 일이 형편없고 거칠며, 번갈아들며 그 풍습에 전염되었다. 풍습이 이러하므로 아무리 훌륭한 재간과 고매한 지혜를 소유한 자가 나타나도 이 풍속이 굳어져 타개할 방도가 없다.

어느 특정한 한 분야가 아니라 사회 전체가 발전하지 못하는 구조적 문제를 예리하게 진단했다. 그 진단에 따라 조선 사회가 전반적으로 높은 수준의 문명을 성취할 수 있도록 풍속과 환경을 조성하는 데 서술의 초점이 맞춰져 있다.

**합괘대차도合掛大車圖**　　명明 송응성宋應星이 지은 『천공개물』天工開物 초간본(1657년)에 실린 삽화. 이 기술서는 상세한 내용과 삽화로 조선 후기 실학자들에게 크게 주목받았다.

# 교통 수레, 배, 도로, 교량

## 수레車

사람이 타는 수레는 바퀴가 구른다. 수레의 지붕은 기와를 펼쳐 놓은 것과 같다. 짐을 싣는 수레는 굴대가 구른다. 수레 바퀴살은 공자 卄字처럼 생겼다. 수레의 바탕(輿: 수레 몸체의 밑바닥)이 굴대와 만나는 곳에는 쇠를 박아 반달 모양의 그림쇠를 만든다. 수레에 짐을 다 싣고 나면 이 쇠를 빼도 좋다. 쇠를 박는 법은 그림쇠 등판에 송곳니 세 개를 만들되 머리는 넓고 밑동은 뾰족하여 마치 관棺에 박는 은정 隱釘처럼 만든다. 이것을 옆으로 끼우면 쇠가 빠지지 않는다.

사람이 타는 수레를 태평차太平車라고 부른다. 바퀴 높이가 사람의 배에 닿는다. 대추나무를 다듬어 바퀴를 만들고 가장자리를 쇠로 감싼다. 또 작은 버섯 모양을 한 쇠못을 사용하여 바퀴의 양옆을 완전히 둘러 바퀴가 구르다가 부딪히는 것을 예방한다.

수레 바탕에 놓인 몸체는 한 사람이 누우면 종아리가 나오는 크기다. 두 사람이 앉을 경우에는 발을 내린다. 수레의 휘장은 청포靑布를 많이 사용하나 능단綾緞을 사용하기도 한다. 여름에는 수레의 사면에 모두 발을 쳐서 마음대로 걷어 올릴 수 있다. 휘장 끝의 좌우에는 작은 창문 모양의 네모난 구멍을 따로 뚫어서 단추를 사용하여 여닫는다. 유리를 이용하여 창을 내거나 색칠한 대나무로 발을 드리워 밖을 구경하도록 했다.

수레의 앞부분에는 가로로 널판을 한 쪽 놓고 마부가 앉는다. 어떤 때에는 수레 안에서 나와 널판에 앉기도 한다. 노새나 말, 나귀 한 마리가 멍에를 매는데, 먼 길을 갈 때에는 말의 숫자를 늘린다.

수레 뒤편 바탕의 끝에도 한 사람이 걸터앉을 수 있는 공간이 있다. 멍에채의 좌우에도 두 사람이 걸터앉을 수 있다. 때때로 마부가 수레에서 내려 말을 몰다가 진창이나 물이 고인 곳을 지나갈 때 잠시 뛰어올라 걸터앉은 채 지나간다. 수레 한 대의 힘으로 다섯 명을 실어 나를 때가 있다.

짐을 싣는 수레를 대차大車라고 한다. 수레의 바퀴는 높이가 태평차와 같지만 조금 두껍다. 짐을 실은 다음에는 배의 뜸처럼 갈대로 만든 자리를 팽팽하게 쳐서 위를 덮고 그 속에 사람이 앉거나 눕는다. 보통 대여섯 마리의 말이 수레를 끄는데, 수레 뒤에 나머지 말을 매달아 가다가 중간에 지친 말과 교대하여 쉬게 한다.

마부는 손에 긴 채찍을 낚싯대를 잡듯이 쥐고서 힘을 쓰지 않는 말을 내리친다. 말의 귀를 때리거나 옆구리를 때리는데 마부 마음대

**태평차(위)와 대차(아래)**

청나라 민간에서 사용하던 수레. 사람을 운송하는 태평차와 사람과 화물을 함께 운송하
는 대차다. 청나라 말엽 서양인들이 스케치한 그림으로 『서양 사람이 그린 중국 풍정도』
(西方人筆下的中國風情畫. 王鶴鳴 등 편집, 上海畫報出版社, 1997)에 실려 있다.

**외바퀴 수레**
서유구는 외바퀴 수레가 요동에서 북경까지 널리
사용되고 있다고 하였으며, 박제가와 마찬가지로
이 수레가 거름을 나르는 데 매우 유용하다고 하
여 적극적으로 사용을 권장했다. 『천공개물』

로 안 되는 것이 없다. 마부가 내려치는 채찍 소리가 온 골짜기를 울
린다.

수레 옆에는 요령을 달고, 말의 목덜미에는 작은 방울을 무수하
게 달아서 딸랑딸랑 소리를 내며 야간의 사고를 경계하며 지나간다.
이들은 모두 관문을 나서는 산서山西 지방의 장사꾼들이다.

또 외바퀴 수레(獨輪車)가 있는데 소규모 장사꾼들이 많이 사용한
다. 바퀴는 쇠를 두르지 않았고, 크기가 조금 작으며, 두께가 얇다.
수레의 바탕은 앞은 넓고 뒤는 좁아서 겨드랑이에 끼고 달릴 수 있
다. 바퀴의 절반이 바탕 위로 돌출되어 있다. 돌출된 모양에 따라서
반쪽짜리 북처럼 감싸서 바탕과 단절시켰다. 진흙이 튀는 것을 막으
려는 장치다.

좌우에는 활 모양의 나무를 달아 놓았다. 짐을 실은 뒤에는 이 나무를 수레 가운데에 끼워서 집어넣는다. 이것을 수레 난간의 대용으로 이용한다. 또 두 발 상 기자丌字 모양의 물건을 멍에채 뒤에 붙여 놓았는데 길을 갈 때에는 늘 들어서 올려놓고 수레가 멈추면 바퀴와 함께 멎어 수레를 지탱한다. 이것은 수레가 기울지 않게 한 장치다. 보통은 한 사람이 수레를 뒤에서 밀고 간다. 수레가 무거울 때에는 또 한 사람이 마치 배의 닻줄을 끌듯이 앞에서 당긴다. 그러면 두 마리 말이 끄는 효과와 맞먹는다.

아낙네 네 명이 좌우에 나란히 앉은 상태에서 동쪽 서쪽에 각각 물통 여섯 통을 실은 장면을 보았다. 또 수레에 돛을 달아 바람을 이용하여 가는 장면도 목격했다. 배가 가는 것과 같은 원리를 이용한 수레로 보였다(박제가가 묘사한 수레는 풍범차風帆車다).

북경에는 대낮에 수레바퀴가 구르는 소리가 덜컹덜컹 들려서 항상 우레가 치는 듯하다. 길거리와 시장을 한가로이 다닐 때마다 좌우에서 수레 타라고 외치며 선 사람이 줄 지어 있다. 그들은 꼭 "수레 타실래요?"라고 말한다. 제각기 말에 멍에를 맨 수레를 세워 놓고서 손님을 기다리며 값을 받고자 한다.


**태평성시도太平城市圖(부분)**　　조선 후기, 비단에 채색, 8폭 각 113.6×49.1cm, 국립중앙박물관 소장. 조선 후기에 제작된 것으로 추정되는 그림. 수레와 인파가 가득한 도로, 번화하고 화려한 상점과 건물들이 조선 후기 도회지의 현실과 이상을 중국풍으로 묘사한 것으로 추정된다.

수레를 타는 삯의 고하는 수레와 말의 화려함에 달려 있다. 대략 10리를 가는데 5, 60전錢을 받는데, 두 사람이 함께 타면 그 삯에 3분의 1을 추가한다. 우리나라 돈으로 계산할 때, 서울 동대문 밖의 교외나 삼강三江(한강 포구 지역) 등지를 가려고 하면 수레 타는 삯이 3, 40문文을 넘지 않는다.─나귀를 세내어 타려면 10리에 10전을 낸다. 북경에는 사람이 많아 값이 비싸다.

수레 안에서는 책을 읽을 수 있고, 손님과 마주 앉아 담소를 나눌 수도 있으니 그야말로 움직이는 집이다. 나는 유리창 서남쪽 지역에서 무관楙官(이덕무의 자字. 박제가와 함께 중국을 다녀왔다)과 함께 자주 수레를 탔다. 국자감國子監, 옹화궁雍和宮, 태액지太液池, 문산묘文山廟, 법장사탑法藏寺塔과 같이 사신들이 외출하여 유람하는 명소를 함께 수레를 타고 다녔다.

수레는 하늘을 본받아 만들어서 지상을 운행하는 도구이다. 수레를 이용하여 온갖 물건을 싣기 때문에 이보다 더 이로운 도구가 없다. 유독 우리나라만이 수레를 이용하지 않는데 그 까닭은 무엇일까? 내가 그 까닭을 물으면 사람들은 곧잘 "산천이 험준하기 때문이다"라고 대꾸한다. 그런데 신라와 고려 이전에도 수레를 사용하지 않았을 리가 없다. 옛날에는 검각劍閣, 구절九折, 태항太行, 양장羊腸(모두 중국 서부의 험준한 산지이다)의 험준한 지역을 통행하는 수레도 있었다. 지금 중국으로 들어갈 때 요동 이전은 모두 산골짜기다. 여기에는 마천령摩天嶺이란 데가 있는데 고개 높이가 20리이다. 청석령靑

石嶺이란 곳도 있는데 험한 바위가 마구 솟구쳐 가파르기가 짝이 없다. 가파른 경사가 마치 남한산성의 서문西門으로 들어가는 길과 같다. 말을 재촉하여 지나가려면 차바퀴가 바위를 쳐서 벼랑이 무너지는 듯한 소리를 낸다. 말이 전전긍긍 지나가기는 하나 넘어지지 않고 잘도 간다. 모든 것이 우리가 직접 눈으로 확인한 사실이다.

그러나 저런 험지에 대해서는 굳이 말할 필요가 없겠다. 그저 통행하기 좋은 지역만이라도 수레를 통행시켜 도道마다 그 도에 적합한 수레를, 고을마다 그 고을에 적합한 수레를 쓰는 게 어떤가. 만약 고개 때문에 사용을 꺼린다면, 고개를 넘을 때만 사용하는 수레가 얼마든지 있다. 수레 한 대가 천 리 만 리를 가는 경우는 중국에서도 드물다. 더욱이 우리나라는 중국 촉蜀 지방의 잔도棧道와 같이 극도로 험준한 지형은 없지 않은가?

수레가 다니면 길은 자연스럽게 만들어진다. 정말 깊은 두메산골이라면 사람들의 통행도 마찬가지로 적어서 외부에서 들어오는 수레의 통행도 당연히 드물다. 단지 고을 안에서 통행하는 농사용 수레만을 사용해도 충분할 것이다.

함경도에서는 예로부터 수레를 사용하고 있다. 군문軍門에는 대차大車가 있고, 준천사濬川司[1]에는 모래차가 있다. 북쪽 몽골의 제도

1  준천사는 1760년 도성 안의 하수도인 개천(開川: 지금의 청계천)을 준설하여 소통시키고, 백악·인왕산·남산·낙산의 나무를 보호하고자 설치한 관청이다.

를 채용한 이들 수레는 하나같이 너무 조잡해서 법도에 맞지 않는다.

대체로 수레를 지극히 가볍게 만들고자 하지만 그러면 짐의 하중을 견딜 힘이 없어 부득이 무겁게 만든다. 현재 수레의 나무 부재가 너무 무거워 빈 수레로 다녀도 벌써 소 한 마리를 지치게 한다. 또 수레 바탕 옆에 놓인 굴통 두 개의 사이가 너무 벌어져서 빈 공간은 많으나 실제로 실을 물건은 적다.

그러나 소 다섯 마리가 대차를 끌어 곡물 열다섯 섬을 싣는다면, 소나 말 다섯 마리가 각각 두 섬씩을 끄는 경우와 비교하면 벌써 3분의 1을 더 실어 이득이다. 여기에다가 중국의 수레 제도를 배운다면 그 효과는 어떻겠는가?

수레바퀴는 높게 만들수록 한결 빨리 달린다. 지금 살이 없는 바퀴는 나무를 둥글게 갈아서 만드는데 그 크기가 큰 주발 아가리만 하며, 수레 네 모퉁이에 단다. 이것을 동차東車라고 부른다. 내가 언젠가 준천사에서 일꾼 두 명이 옮길 수 있는 바위를 동차로 운반하는 것을 본 적이 있다. 큰 소 한 마리에 멍에를 지워서 한 사람이 수레를 끌고 가는데 바퀴가 작아서 자주 도랑에 빠졌다. 또 한 사람이 긴 막대기를 들고 옆에서 들어 올리느라 반나절을 시끌벅적 소란을 피웠다. 사정이 이렇다면 수레 한 대와 소 한 마리가 쓸데없이 가외로 소용되는 것이다. 저런 실정이므로 지금 사람들이 수레는 아무 이득이 없다고 말하는 것도 틀린 말이 아니다.

수레를 사용하되 각자의 생각대로 만들어도 괜찮다고 말하는 이들이 있는데 이는 그렇지 않다. 그 크기와 무게, 빠르기에 대해 중국인이 겪어 보고 연구해 놓은 수준은 매우 높다. 솜씨가 좋은 장인을 시켜 모방해서 운행하되 치수의 차이가 없이 꼭 그들과 합치되도록 힘써야 한다.

우선 관서 지방의 고을마다 관장의 품계에 따라 차등을 두어 해마다 중국으로 가는 사행使行 편에 수레 몇 대를 구매하여 비치해 둔다. 신구 교체되는 수령을 전송하거나 영접할 때와 중국을 왕래하는 사신들이 통과할 때마다 이 수레를 이용한다. 그렇게 우리 백성들이 수레에 친숙해지도록 한다. 그러면 수레를 배우는 데 분명히 일조할 것이다. 서장관書狀官 심념조沈念祖가 "내 생각도 정말 자네와 똑같네"라며 동의했다.

짐을 싣는 상자는 두 바퀴 사이에 놓인다. 따라서 짐 상자에 실리는 물건의 크기는 바퀴의 폭에 따라 제한을 받는다. 반드시 나무 널판을 상자 위에 가로로 다시 얹어 그 위에 짐을 더 싣고 바퀴가 널판 아래에 놓이게 한다. 이것은 배 위에 가로로 널판을 설치한 것과 같은 구실을 한다.

우리나라는 동서의 길이가 천 리이고 남북의 길이는 그 세 곱절로서 서울이 그 중앙에 위치한다. 사방의 산물이 서울로 몰려 들어와 쌓이는데 각지로부터 거리가 횡으로 500리를 넘지 않고 종으로 천 리를 넘지 않는다. 또 삼면이 바다로 둘러싸여 바다와 가까운 지역에서는 배로 운송한다. 이렇게 따지면 육지로 통행하여 장사하는 사람은 아무리 먼 곳이라도 오륙 일이면 넉넉하게 목적지에 도달하고, 가까운 곳이라면 이삼 일 걸린다. 한쪽 끝에서 다른 한쪽 끝을 가면 앞에서 걸린 거리의 곱절이다. 잘 달리는 사람을 대기시켜 놓았던 유안劉晏처럼 한다면 사방 물가物價의 높낮이는 수일 안으로 고르게 조정할 수 있을 것이다.

그럼에도 불구하고 산골에 사는 사람은 아그배를 담가 식초를 얻어서 소금이나 메주 대용으로 사용하고, 새우젓과 조개젓을 보고서 특이한 음식이라 여긴다. 가난한 형편이 이 지경인 것은 대체 무슨 까닭인가? 단언하건대 수레가 없기 때문이다.

지금 전라도 전주의 상인이 있다고 하자. 상인이 처자식을 이끌고 생강과 빗을 사서 도보로 걸어 의주로 가 물건을 판다면 본전의 몇 곱절 나가는 이익을 얻을 수 있다. 하지만 근력을 길거리에서 다 소비할뿐더러 가정을 이루고 사는 즐거움을 누릴 기회가 없다. 원산의 상인이 말에 미역과 명태를 싣고서 서울로 팔러 온다고 하자. 사흘 만에 팔고 돌아가면 이득이 조금 남고, 닷새 만에 돌아가면 본전이며, 열흘을 머물면 손해가 크다. 돌아가는 말에 물건을 싣고 가 남긴 이득이 크지 않고 그동안 말을 먹이느라 든 비용이 매우 많다.

따라서 영동에서는 꿀이 많이 나지만 소금이 없고, 관서지방에서는 철이 생산되지만 감귤이 없으며, 함경도에서는 삼이 잘 되고 면포가 귀하다. 산골에서는 팥이 지천이고 바다에서는 젓갈을 물리게 먹는다. 영남의 옛 절에서는 명지名紙(과거 시험에 쓰던 품질이 좋은 종이)

가 산출되고 청산靑山 보은報恩에는 대추나무 숲이 많다. 서울로 가는 길목이자 한강 입구인 강화도에는 감이 많이 난다. 자기가 사는 지역에서 많이 나는 물건으로 다른 데서 산출되는 필요한 물건을 교환하여 풍족하게 살려는 백성이 많으나 힘이 미치지 못한다.

어떤 사람은 말을 이용하면 되지 않느냐고 말한다. 그의 말대로 말 한 마리가 수레 한 대에 맞먹고 매우 기민한 이점이 있기는 하다. 그러나 수레의 짐을 끄는 힘과 말등에 짐을 싣는 힘은 현격하게 다르다. 따라서 수레를 끄는 말은 병들지 않는다. 게다가 대여섯 마리가 수레 한 대를 끌면 대여섯 필의 말이 각각 등에 싣는 짐보다 이익이 몇 곱절이다.

한편 등에 짐을 싣고 다닌 말은 잡아당긴 끈 자국이 뱃가죽에 파여 있고 초췌하여 사람이 탈 수가 없다. 따라서 좋은 말을 기르는 사람은 모두 일하지 않고 놀고먹는 사람이다. 나귀와 말을 한 마리라도 기르려면 하루에 사람이 먹는 음식의 갑절을 먹여야 한다. 주인이 외출하지 않아 나귀와 말의 힘을 이용하지 않는다면 도리어 나귀한테 부림을 받는 셈이다. 이야말로 짐승을 데려다가 사람을 먹게 하는 꼴이다.

사신 행차를 가지고 말해 보겠다. 세 명의 사신(정사正使·부사副使·서장관書狀官)과 비장, 역관을 비롯한 정식 관원 몇 사람만이 각기 역말과 쇄마刷馬를 가지고 있다. 장사꾼 외에 많은 심부름꾼과 물건을 대 주는 인원 가운데 도보로 따라가는 자가 말의 수효보다 곱절이 훨씬 넘는다. 만 리 길을 가면서 사람을 도보로 따라가게 하는 곳은 우리나라밖에 없다. 도보로 따라가게 하는 데만 그치지 않는다. 또 반드시 좌우를 떠나지 못하고 빠르거나 느리거나 간에 말과 똑같이 보조를 맞추게 한다. 그러므로 중국에 들어가는 마졸馬卒은 모두 죄수처럼 봉두난발을 한 채 마른 땅 진창을 가리지 않고 마구 다닌다. 다른 나라에 보이는 부끄러운 꼴로 이보다 심한 것은 없다. 땀을 뻘뻘 흘리거나 숨을 심하게 헐떡거려도 감히 쉬지를 못한다. 온 나라 안의 종과 역부의 질병은 여기에 그 근본 원인이 다 있다.

일본의 도쿠가와 이에야스德川家康(1543~1616)가 "물건을 절제함이 없이 실어 소와 말을 많이 상하게 하는 것은 어진 사람이 행할 정사가 아니다. 이제부터는 몇 근을 넘어서는 짐은 싣지 못한다"라는 명령을 내렸다. 일본에서는 짐승도 저런 대우를 받고 있으니 우리나라는 사람을 어떻게 대우해야 할까?

나는 중국의 벼슬아치 한 사람이 작은 가마를 타고 가는 것을 본 적이 있다. 그 가마는 지붕이 날렵하고도 멋졌고, 청단青緞으로 둘러쳤으며, 비단 옷감으로 휘장을 드리웠고, 유리로 창문을 달았다. 가마 안에는 맞춤 맞게 의자를 하나 놓고 앞에는 작은 탁자를 둔 채 벼슬아치가 앉아서 책을 읽고 있었다. 가마의 허리께에 구멍을 뚫고 장대로 꿰어서 가마를 떠메었기에 옆에서 잡아 주는 사람이 없어도 가마가 기울지 않았다. 앞뒤에서 각각 두 사람이 종縱으로 가마를 떠메었다.

가마 메는 법은, 두 가마채 사이를 줄로 가로질러 대고 작은 나무를 이용하여 그 줄을 들어서 메었다. 가마의 하중이 완충 작용을 일으켜서 타기가 편안하고 속도는 빨랐다. 우리나라 사신들은 쌍교雙轎가 저들 가마보다 못하다며 저도 모르게 탄식을 토해 냈다.

가마 뒤를 대차大車 한 대가 따라가는데 거기에는 모두 열아홉 명이 타고 있었다. 이 수레는 말 다섯 마리가 끌어 그 벼슬아치를 따라 가는 중이었다. 수레에 탄 사람들은 교대하기 위한 인부들로 5리나 10리마다 한 번씩 교대하여 인부의 왕성한 힘을 사용했다. 인부의 힘을 사용하기에 앞서 종일토록 말의 뒤를 따르게 하여 힘을 소진시키는 것은 자기에게도 유리하지 않다. 따라서 수레를 이용하면 말의 수효를 더 보태지 않고도 도보로 가는 사행 인원이 없다. 아래로는 인부들이 병들지 않는 효과가 있고, 위로는 왕성한 인부의 힘을 얻는다고 말하는 것이다.

또 우리나라에서는 2품 이상의 문신文臣이 바퀴가 한 개 달린 높은 수레를 타는데 이것을 초헌軺軒이라 부른다. 이 수레는 바퀴가 작고 높이가 한 길이라 멀리서 바라보면 사다리를 타고 오르는 집 꼴이기에 위태롭기가 이루 말할 나위가 없다. 게다가 수레를 움직이자면 다섯 사람이 아니면 불가능하다. 또 그 뒤를 따르는 인부가 꼭 필요하다. 옛날의 수레는 수레 한 대로 사람 여섯을 태웠는데, 초헌이란 수레는 여섯 사람을 걷게 하고 한 사람만을 태운다. 이에 대해 귀한 사람이 천한 사람을 부리는 것은 천지의 변함없는 법칙이자 고금

**초헌(좌)과 쌍교(우)**　김홍도金弘道, 〈평생도〉부분, 19세기, 비단에 채색, 각 53.9×35.2cm, 8폭병풍, 국립중앙박물관 소장

에 통하는 이치라고 강변하는 자가 있다. 그러나 귀천의 분별이란 이런 것을 두고 한 말이 아니다. 훌륭한 제왕은 귀천을 구별할 때에 도 실용을 앞세우고 그다음에 격식을 차렸다. 『한서』漢書에는 주륜朱 輪(왕후와 귀족이 타는 수레로 바퀴를 붉게 칠했다), 반주륜半朱輪의 등급이 있으나 타는 것은 동일했다. 『주례』에는 전차와 사냥용 수레, 진창길 용 수레, 육지를 다니는 수레와 같이 서로 다른 종류의 수레가 있었 으나 물건을 싣는다는 점에서는 똑같았다.

옛날의 승헌乘軒(고대에 벼슬아치가 타던 수레)은 오늘날의 승헌과는 다르다. 또 오늘날 초헌을 타는 사람은 노인이 많기는 하지만 아무래도 안거安車와 포륜蒲輪(안거와 포륜은 모두 귀빈 접대용 수레)의 의미를 지닌 것은 아니다. 더구나 다급한 상황을 만나면 쓰러지는 낭패를 당할 것은 자명하다.

지방 수령의 어머니와 부인, 어사와 감사는 모두 쌍교雙轎를 탄다. 쌍교는 두 말 사이에 가마를 매달기 때문에 뒤에 가는 말이 앞에 가는 말을 보지 못하므로 발을 맞추기가 어렵다. 두 개의 가마채는 길이가 두 길이고 가마통은 크지만 그 안에서 눕지 못한다. 공력을 들여 가마를 잘 꾸미느라 무게가 무겁다. 또 가마 밑바닥에 공간을 띄워서 가죽으로 그물처럼 엮어 놓았기 때문에 앉기가 편치 않고, 언제나 하인들이 사사로운 물건을 숨겨 놓는다.

가마 안에는 퇴침, 찬그릇, 타구唾具, 서안書案 따위의 물건을 놓아둔다. 또 가마 뒤에는 술병과 삿자리, 옷가지, 신 따위를 달아 둔다. 가마 자체의 무게도 대단히 무겁고, 가마 외의 무게도 몇 근이 나가는지 알 수 없다. 가마 좌우에는 보통 가마를 보살피는 사람이 각각 서넛이 따른다. 나머지 사람들은 도보로 뒤를 따라가며 교대를 기다린다. 있는 힘을 다해 가마 뒤를 따라가느라 가마를 보살필 힘은 아예 없고 그저 가마에 붙어 갈 뿐이다.

가마 한 채는 타는 사람의 원래 무게에 잡다한 물건의 무게가 더해지고, 이밖에 몇 사람을 매달고 가는지 모른다. 가마 한 채의 무게를 계산해 보면, 얼추 작은 배 한 척의 무게에 해당한다. 말이 죽어도 그 원인이 어디에 있는지를 깨닫지 못하고서 말이 거꾸러지면 마부에게 잘못을 돌려 매질을 해 댄다. 그러므로 수레를 사용하면 말의 수효가 줄어도 사람은 절로 한가롭다고 말하는 것이다.

지금 부인이 타는 가마는 가마채가 허리께에 있지 않아 쉽게 기울어진다. 그렇다고 가마를 말 등에 얹어 놓은 것은 더욱 위험하다. 혼사와 상례, 이사 때마다 부녀자가 여행하기가 대단히 힘이 드는데 수레를 사용한다면 그런 걱정거리가 사라진다.

탄소彈素 유금柳琴(1741~1788) 선생은 "우리나라는 수레가 없어서 백성들의 집이 모두 규모가 작다"라고 말했다. 말 한 마리의 등에 실을 수 있는 목재보다 큰 목재는 사용하지 못함을 지적한 말이다. 내 생각으로는 나막신과 짚신 값이 뛰는 원인도 수레가 없어서다.

담헌湛軒 홍대용洪大容(1731~1783) 선생은 말했다. "수레가 통행할 길을 닦는다면 전답 몇 결結을 잃게 될 것이다. 그러나 수레로 얻는 이익은 잃은 것을 넉넉하게 보상할 것이다."

수레의 특성은 언덕배기는 꺼리지 않으나 구덩이는 꺼린다. 지금 도성 안의 작은 도랑을 먼저 복개하여 하천이 복류伏流하도록 해야 한다. 세로로 판자를 얽어 놓은 나무다리는 당연히 가로로 얽어 놓아야 한다.

재상이나 부인들은 앞에서 논한 만듦새로 만든 가마를 타고, 그나머지 수령과 양반, 백성들은 모두 태평차를 타는 것이 좋겠다.

수레를 타면 덜컹거려서 편치 않다고 말하는 사람이 있다. 수레

축을 뒤로 옮겨 수레 바탕 끝을 바짝 받치도록 한다. 그러면 좌석이 항상 매달려 있어서 쌍교와 똑같다. 지금 서장관이 타는 수레는 태평차의 바퀴를 사용하여 지붕을 바꾸고 가마를 실어서 운행한다. 이 것은 약하면서도 무거워서 처음보다 훨씬 못하다. 일을 제대로 알지 못하면서 함부로 고치면 이런 꼴이다.


## 배船


중국의 배는 내부가 깨끗하여 물이 한 방울도 없다. 곡식을 실을 때에는 곧바로 배의 바닥에 쏟아 붓는다. 그 위에는 반드시 가로로 갑판을 가설하여 사람이나 말을 포함하여 물을 건너는 모든 것이 그 위에 앉는다. 빗물과 말 오줌 따위가 배 안에 전혀 고이지 않는다.

배를 대는 언덕에는 모두 가교架橋(건너기 위해 놓은 다리)가 가설되어 있다. 멀리 운행하는 배에는 모두 뱃집이 있다. 다락집이 있는 경우에는 얼추 3층 높이다. 배 뒤편의 치켜 올려진 곳을 뚫어서 치미鴟尾(망새. 전통 가옥의 용마루 양쪽 끝머리에 얹은 장식 기와)를 꽂았다.

통주通州(중국 베이징 동쪽에 있는 도시) 동로하東潞河(현재의 북운하北運河)는 북경과의 거리가 40리다. 남쪽으로 직고해直沽海(톈진 시의 항구로서 원·명·청 시대에 조운의 중심지로 현재 톈진 시의 중심 항구임)와 통하는데, 모든 조운선漕運船이 여기로 들어온다. 100리 사이에 배의 돛이

대나무 숲의 대나무보다도 더 빽빽하게 차 있다. 배에는 깃발을 세워 큰 글자로 절강浙江, 산동山東, 운남雲南, 귀주貴州라는 명칭을 써 놓았다.

여기서 산동독무관山東督撫官 하유성何裕城이라는 사람을 만났다. 좁쌀 30만 석의 운송을 감독하는 그 사람은 마침 배 안에 있었다. 배마다 각기 무명으로 만든 자루를 곡물 수량만큼 실었다가 여기에 도착해서 비로소 곡물을 자루에 나눠 담아서 작은 배를 이용하여 옥하玉河로 운반했다.

그가 탄 배는 크고도 아름다웠다. 사신과 나는 무관楸官(이덕무)과 함께 그 배에 올라가 보았다. 배는 길이가 10여 길이었다. 무늬를 꾸민 창이 달려 있고, 색칠한 다락집이 높다랗게 솟아 있었다. 안에는 내실이 있고, 위에는 다락, 아래에는 창고가 있었다. 내부를 들여다

**노하독운도滷河督運圖(부분)** 청清 강훤江萱, 비단에 채색, 41.5×680cm, 중국국가박물관 소장. 1776년 무렵에 그린 대형 두루마리 그림으로 번성기의 통주通州 동로하 운하를 생동감 있고 풍부하게 그린 명작이다. 박제가 일행과 거의 똑같은 시기에 목도한 풍경을 담아내고 있다.

보니 서화와 패액牌額, 휘장과 금침衾枕이 있었고, 향기가 자욱하여 깊고 아늑한 느낌을 주었다. 구불구불 가로막혀 있어 얼마나 깊숙한지 짐작하기가 어려웠다. 우리가 배에 올랐을 때 깊숙한 곳에서 우리를 구경하는 부녀자들이 수놓은 저고리에 패물로 장식한 비녀를 꽂고 있었다. 물어보았더니 하유성의 가족이라고 했다.

그가 우리에게 의자를 권하고 차를 내오라 하여 향을 피우고 필담을 나누었다. 주렴 너머 창밖으로는 가끔 갈매기, 구름과 안개, 누대와 사람들이 보였고, 또 모래사장과 강언덕, 돛단배들이 나타났다 사라졌다. 내가 머물고 있는 곳이 물 위라는 사실을 까마득하게 잊고 마치 숲 속에 몸이 놓여 있고, 그림을 두리번거리며 구경하는 느낌이었다. 이 정도라면 만 리 뱃길이 바람이 불고 파도가 높이 쳐서 때때로 위험하다 해도 바다에 배를 띄우고 멀리 여행하는 것을 꺼릴 이유가 없겠다. 먼 곳을 여행하는 중국 사람들이 많은 것이 당연하다.

우리나라는 수레를 이용하는 이익을 완전히 포기했을 뿐만 아니라 배도 제대로 이용하지 못한다. 배에 들어오는 물을 막나? 빗물을 막나? 아니면 짐을 많이 싣나? 뱃사공의 힘이 들지 않나? 배에 실은 말이 위태하지 않나? 이 가운데 한 가지 이점도 없다.

배는 물에 빠지는 것을 모면하자는 수단이다. 그러나 나무를 정밀하게 깎지 못하여 틈으로 새어드는 물이 언제나 배에 가득하므로 배를 탄 사람의 정강이는 냇물을 건너는 것처럼 젖어 있다. 배 안에 고인 물을 퍼내는 일을 한 사람이 전담하여 하루 종일 그 일만 한다.

그래서 곡식을 배에 그대로 싣지 못하고서, 볏짚으로 가마를 만들어 곡식 높이보다 곱절이나 높게 쌓고 그 위에 곡식을 싣는다. 그렇게 해도 밑에 깔린 곡식이 물에 젖어 썩을까 걱정이다. 사람이 배에 앉을 때에는 싸리나무로 엮은 똬리를 사용하지만 울퉁불퉁하여 편치가 않다. 하루 동안 배를 타고 노닐면 꽁무니가 여러 날 동안 아프다. 또 가을에서 겨울로 넘어가는 철에는 뜸을 구비하지 않기 때문에 서리를 그대로 맞는다. 고생스럽기가 천태만상이라서 배를 타는 즐거움이 전혀 없다.

또 배에 가로로 걸쳐 놓은 널판이 없어서 사람과 물건이 함께 배

안에 있으므로 짐을 가득 싣지도 못하고 또 물건을 높이 싣지도 못한다. 뜸이 있는 배도 길이가 짧아서 배의 고물이나 이물을 빈 공간으로 남겨 두기에 비가 내리면 배는 빗물을 담아 두는 물 저장고로 변한다.

또 배를 정박하는 강가에 가교를 설치하지 않아서 사람은 업어서 건너고, 말은 펄쩍 뛰어 들어간다. 가교를 설치해야 할 높은 곳을 건너뛰어서 널판을 가로로 걸쳐 놓지 않은 속이 깊은 배 안으로 들어가자니 다리가 부러지지 않을 말이 몇 마리나 되겠는가? 그래서 배를 잘 타는 말과 배를 잘 타지 못하는 말이라는 소리까지 나온다. 이것은 가교가 없기 때문이다.

지금 제주에서 공물로 바친 말들이 삐쩍 말라서 죽기를 잘한다. 배 안이 평탄하지 않아서 말을 함부로 꽁꽁 묶어 놓아 말의 성질을 거스른 결과다. 마구간의 마판(마구간의 바닥에 깔아 놓은 널판)을 물 위와 육상이 다르게 사용하는 것은 배의 만듦새가 합당하지 않기 때문이다.

복건성福建省의 시장에서 팔리는 유구琉球(현재의 오키나와)산 말은 배를 타고 왔다. 그 말들이 제주도에서 건너오는 말과 같은 처지라면 어떻게 시장에서 교역하겠는가? 틀림없이 올바른 운송 방법을 사용했을 것이다.

외국인이 바다에 표류하다 바닷가 고을에 정박하는 일이 발생하면, 반드시 그들이 타고 온 배의 만듦새를 비롯한 다른 기술을 꼼꼼하게 질문하고, 재주가 좋은 장인匠人을 시켜 그 방법대로 배를 만들게 한다. 표류한 배를 직접 보고 모방하여 배우기도 하고, 표류한 사람을 잘 접대하여 저들의 기술을 완전히 전수하게 한 다음 돌려보내는 것도 무방하다.

토정土亭 이지함李之菡(1517~1578) 선생이 옛날 외국의 상선 여러 척과 통상하여 전라도의 가난을 구제하고자 했는데 선생의 식견이 탁월하고도 원대하다.

배를 운행하려면 배를 정박할 곳에 꼭 가교를 설치하고, 배 안에 가로로 널판을 걸쳐 놓아야 한다는 것이 내 생각이다.


## 도로道路

황성皇城의 대로大路는 그 너비가 우리나라 한양의 육조六曹 거리보다 3분의 1이 더 넓다. 각 문마다 앞에 물을 담은 옹기를 놓아두고 자주 물을 뿌려 먼지가 이는 것을 막고, 화재에도 대비한다. 통주通州로부터 조양문朝陽門에 이르기까지 40리는 모두 돌을 깐 길인데 도로의 너비가 2칸이다. 빗돌처럼 너른 돌을 평평하게 갈아 도로에 깔았다. 3면 또는 2면을 이음새가 꼭 어긋나게 해서 수레로 인해 길이 갈라지는 것을 방지했다. 폭우가 내려도 버선을 신고 다닐 만하다. 성문이나 다리의 양편 입구에는 모두 돌을 깔아서 발걸음이 한곳에 집중되어 길이 파이는 것을 방지했다.

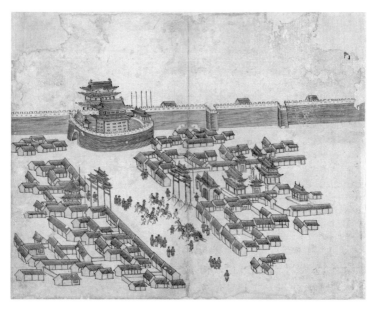

**연행도燕行圖(부분)**  조선 후기, 종이에 채색, 34.6×44.8cm, 숭실대학교 한국기독교박물관 소장. 조양문으로 들어가는 연행사 일행. 중국 북경에 이르는 동안 연행사들이 본 장면을 묘사한 그림이다.

심양瀋陽으로부터 북경에 이르기까지 모두 길 양옆에 나무를 심어 놓았다. 간간이 한 역참驛站이나 두 역참 쯤 나무가 없는데도 다시 심지 않은 데가 있기는 하나 대략 1,500여 리에 이르는 길을 행인들이 녹음 아래로 갈 수 있다. 저 요동 벌판은 망망하게 넓어서 의지할 만한 한 점의 작은 언덕도 없다. 바람이 거세게 불거나 무더운 여름에는 이 나무가 없으면 행인들은 쉴 곳이 전혀 없다.

가로수를 심게 한 법령은 옹정제雍正帝 시대에 시행되었다. 우리나라 사람들이 그것을 보고서 수隋나라에서 변경汴京에 나무를 심은 시책과 똑같다고 여긴다.[2] 내 판단으로는 그렇지 않다. 도로에만 나무를 심은 것이 아니다. 중국 사람은 모두들 나무를 심는 데 열성이다. 시장과 골목에도 구름 속에 뻗은 나무가 서로 얽혀서 변화한 풍경을 연출하고 있거니와, 그 울창한 모습은 그림으로 그릴 만하다. 지금 평양의 대동강변에만 나무가 곧게 수십 리 길에 뻗어 있어 아름다운 장관을 이루고 있다. 다른 곳의 길에도 그렇게 식목을 하면 10년 안에 나무가 벌써 무성하련만 그렇게 할 줄을 모른다. 또 길옆에는 반드시 도랑을 낸다. 그것은 길을 닦기 위한 목적만이 아니라 전답을 보호하기 위한 목적도 있다.

또 어로御路(임금이 거둥하는 길)는 황토를 다져서 만드는데 길의 두께가 거의 한 자 남짓이다. 폭은 일반 도로와 같지만 거울처럼 평탄하게 닦아 놓았고, 도로 양편 가장자리가 깎은 듯하다. 황제가 8월에 성경盛京과 흥경興京에 있는 능묘에 배알하러 거둥할 때 직도直道(곧은 길)를 닦으라는 조칙이 내려온다. 그러면 4월과 5월 사이에 군현에서 기한에 앞서 장정을 징발하는데 삼태기와 삽을 가지고 모인 장

---

2  수 양제(隋煬帝)가 강회(江淮)의 백성 10여만 명을 동원하여 도로와 운하를 파서 산양(山陽)에서 양자강에 이르게 했다. 운하 폭이 40보(步)였고, 운하의 옆에는 어도(御道)를 만들었고, 가장자리에는 버드나무를 심게 했다. 우리나라 사람이 옹정제의 이 시책을 폭군인 수 양제가 한 일과 다를 바가 없다고 사안시(斜眼視)하여 제국 멸망의 조짐으로 이해했다.

정들이 마주보고 선다. 표목標木을 세우고 줄자를 대고 맞추어 길을 닦으므로 서서 바라보면 조금도 굴곡이 없고, 옆으로 보면 조금도 기운 데가 없다. 높은 데는 깎아 내고 깊이 파인 곳은 흙으로 메운다. 새로 파 온 흙으로 다지고 녹독碌碡(길을 닦는 데 쓰는 롤러)으로 땅을 고른다.

길의 중간 폭은 2칸이며 좌우에는 작은 길을 각각 1칸씩 내어 황제를 따르는 수행원들이 열을 지어 간다. 매 칸은 줄자로 재어 흙을 일구는데 대개 그 줄 안에 든 땅은 백성들이 이미 파종을 했더라도 곡식을 베어 낸다. 시일이 오래되어 풀이 생겨나면 다시 베어 내고, 사람들의 통행을 금지한다. ─9월에 유혜풍柳惠風(유득공)이 심양에서 왔을 때 길 양옆에 말의 통행을 금지하는 푯대를 세웠는데 모두 황금색이었다고 한다.

60리마다 역참을 한 개씩 설치했는데 길옆에 평방 100보가 되는 평지를 조성하여 쉬거나 자고 가는 행궁行宮으로 삼았다. 또 10보마다 반드시 몇 말씩의 흙을 쌓아 놓았는데 파인 곳을 메꾸기 위한 대비이다.

현재 우리나라에서 도로를 닦는 것은 모두 지표면을 깎아서 그 빛깔만 새롭게 하는 것으로 실제로는 몇 걸음도 평평하지가 않다. 또 돌을 깐 경우에는 평탄치가 못하여 휘청거리다가 넘어지기 쉽다. 또 여염의 천한 백성들이 점포를 열어 장사하는데 그것을 '가게'(假家)라고 부른다. 처음에는 처마 밑에 붙여 지은 임시 가옥에 불과하여 옮기면 집 안으로 들여놓을 수 있다. 그러나 점차 흙을 발라 집을 짓고 마침내는 길을 차지하여 문 앞에 나무를 심는 지경에까지 이른다. 그러니 사람과 말이 서로 부닥쳐서 왕왕 길이 좁아 다닐 수가 없다. 도로와 거리의 길 너비는 모두 규격이 있다. 법률에도 도로를 점유하여 가옥을 짓는 것을 벌하는 조문이 있거니와 이 법을 신칙申飭(단단히 타일러 경계함)하여 단속해야 한다.

## 교량橋梁

다리는 모두 무지개 꼴이라서 큰 다리 아래로는 돛배가 지나가고, 아무리 작은 다리라도 작은 배가 통과한다. 벽돌로 다리를 세우는 방법은 우선 나무를 엮어 기둥을 만든다. 다음에 기둥마다 한 개의 큰 벽돌로 주춧돌을 삼고 그 기둥의 둘레를 벽돌로 감싼다. 그러면 물이 기둥을 적시는 일이 없다.

무지개다리를 세우는 법은 나무를 엮어서 다리의 틀을 만들고, 벽돌이 마른 다음에 그 나무틀을 뽑아 버린다. 다리에는 반드시 난간을 설치한다. 나무 난간은 붉게 칠하여 찬란하고, 돌 난간은 천록天祿[3]이나 돌사자 따위를 설치하여 입을 쩍 벌린 모양이 살아 있는

---

3  천록은 전설 속에 등장하는 짐승의 이름이다. 뿔이 하나인 것이 천록, 둘인 것이 벽

듯 생생하다.

다리를 아치형으로 둥글게 만들고자 애쓰는 이유는 다리를 높게 만들 수 있기 때문이다. 현재 한양 성안에 놓인 돌다리는 모두 평평하여 큰 비가 내리면 항상 물에 잠긴다. 그러다보니 도회지의 큰길조차도 한 해를 무사히 넘기는 다리가 없다. 나무를 얼기설기 얽어 다리를 세우고 그 위를 솔잎으로 덮은 다음 흙으로 다시 덮어 놓고 그 위를 걸어 다닌다. 그러다 보니 말의 발굽이 자주 빠진다. 그 다리가 무너질까 염려되면 백성들을 동원하여 물속에 들어가 다리의 기둥을 잡고 서 있게 한다. 정말 다리가 무너져 사람이고 말이고 전부 나뒹군다. 그래 다리가 사람의 힘으로 붙잡아 버틸 수 있는 물건이란 말인가! 근본 대책을 마련하지 않고 실질이 없기가 이 지경이다.

정鄭나라 재상 자산子産은 수레에 사람을 태워 건네주었는데도 정치할 줄을 모른다는 비난을 받았다.[4] 지금 시도 때도 없이 백성을 동원하여 하루 종일 물속에 서 있게 만드니 저 다리는 어디에 쓰겠

사(辟邪)다. 한대(漢代)에는 이 짐승을 돌로 조각하여 장식했다.
4  『맹자』「이루 하」(離婁下)에 "자산이 정나라의 정치를 맡았을 때 자기 수레에 사람들을 태워 진수와 유수를 건네주었다. 그러자 맹자가 이렇게 말했다. '은혜로운 일이기는 하나 정치할 줄을 모른다. 11월에 도강(걸어서 건너는 다리)이 완성되고 12월에 여량(수레가 건너는 다리)이 완성되면 백성들은 물 건너는 일을 근심하지 않는다. 군자가 고르게 정치하면 행차할 때 벽제(辟除)를 해도 좋다. 어떻게 한 사람 한 사람 강을 건네주겠는가? 따라서 정치를 하는 위정자는 모든 사람을 즐겁게 하고자 하면 제아무리 세월이 많아도 백성을 만족시킬 수 없을 것이다'라고 한 내용에 출전을 두고 있다.

는가? 내가 여름인데도 물속에서 추워 벌벌 떨고 있는 백성들이 불쌍하여 사신에게 요청하여 빨리 그만두게 했다.

　이런 일이 너무 많이 발생한다. 그러니 백성들이 어떻게 소요를 일으키지 않겠는가? 따라서 백성들을 편안하게 하려면 먼저 쓸모 있는 기구를 잘 이용해야 하는데 쓸모 있는 기구를 잘 이용하는 사람은 제 할 일을 척척 잘 처리한다. 제 할 일을 척척 잘 처리해야 백성들은 베개를 높이 베고 편안하게 잠을 잘 수 있다.

# 건축 성, 벽돌, 기와, 주택, 삿자리, 창호, 뜰, 창고 쌓기

## 성城

성은 모두 벽돌로 쌓았다. 회를 써서 벽돌을 붙였는데 벽돌이 겨우 붙을 만큼 몹시 얇게 회를 사용했다. 벽돌을 쌓는 방법은 먼저 돌을 사용하여 성의 기단을 쌓는데 큰 벽돌을 사용하기도 한다. 그다음 벽돌을 차곡차곡 쌓는다. 가로나 세로로 쌓거나, 눕히거나 세워서 쌓는다. 성벽의 겉과 안이 서로 어긋나도록 쌓아 성의 두께 전체를 벽돌로 채운다. 흙으로 겉과 안 사이를 채우기도 하지만 그렇더라도 흙으로 채운 폭이 성벽 두께 전체의 3분의 1을 넘지 않는다. 그러면 대포를 맞아도 엿덩이가 엉긴 것과 같아서 성이 모조리 부서지지는 않는다.

성의 안팎에는 모두 성가퀴(女牆: 성 위에 쌓은 낮은 담)를 쌓았다. 성가퀴의 안쪽 담(곧 내탁內托)에는 돌 홈통을 내어 빗물이 흘러내리게 했다. 바깥 담에는 탄환과 활을 쏘는 구멍을 만들어 놓았다. 그 구멍

가운데 근총안近銃眼은 성 밑쪽을 바로 내려다보아 마치 날을 뽑아 놓은 대패 구멍과 같아서 적들이 감히 접근하지 못하도록 했다.

성 밑에는 반드시 해자를 설치했고, 성문에는 반드시 옹성甕城(적이 직접 성문에 접근하는 것을 차단하고자 중요한 성문 밖이나 안쪽을 둘러막은 시설)을 만들어 문을 감쌌다. 옹성에는 다시 문을 내었는데 왼편에 뚫거나 오른편에 뚫었다. 좌우 양편에 모두 뚫기도 하였다. 그러나 성문과 곧장 마주보게 하지는 않았다. 성가퀴를 오르는 곳에는 문 안쪽으로 계단을 놓았다. 계단 주변에는 목책木柵을 세워 봉쇄함으로써 사람이 그 안에 들어간 뒤로는 도망하려고 해도 도망하지 못하도록 하였다. 벽돌의 수량으로 계산해 보니 성의 높이가 대개 다섯 길 반에서 여섯 길쯤이었다. 낡은 성의 벽돌이 빠지거나 부서진 곳은 새로 구운 벽돌로 보수하여 색깔이 얼룩덜룩했다.

이른바 성곽이란 것은 적을 방어하는 설비인가? 아니면 적이 침입할 때 버리고 도망하는 설비인가? 후자라면 모르겠거니와 그렇지 않다면 우리나라에는 성곽이 하나도 없다. 무엇 때문에 그렇게 말하는가?

첫 번째 이유는 벽돌을 사용하지 않는 것이다. 내 말을 듣고 어떤 이는 "벽돌이 견고하다지만 돌의 견고함에는 전혀 미치지 못한다"고 응수할 것이다. 내 생각은 이렇다. 돌 하나를 놓고 보면 당연히 벽돌 하나보다 훨씬 견고하다. 그러나 돌을 쌓아 만든 견고함은 벽돌을 쌓아 만든 견고함에는 미치지 못한다. 돌의 성질은 잘 접착이 되지 않는 반면 1만 개의 벽돌은 회로 바르기만 하면 전체가 하나로 합쳐지기 때문이다.

또 돌은 언제나 사람이 깨고 다듬는 노력을 필요로 하므로 여기에 얼마나 많은 힘이 들어가는가? 그러나 벽돌은 원하는 대로 쉽게 만들어도 다 네모반듯하다. 또 돌은 크기가 일정하지 않아 하루하루 일을 시킬 때 인부의 노동량을 조절하기가 어렵다. 그러나 벽돌의 경우에는 치수가 같아서 인부가 근면하게 일하는지 태만하게 일하는지 바로 나타난다.

지금 무거운 돌을 하나라도 겹쳐 놓으면 겉으로 보기에는 웅장한 듯 보이지만 실상은 이가 맞지 않아서 그 가운데 하나라도 빠지면 성벽이 무너지는 것을 막을 도리가 없다. 성벽이 조금 높으면 붕괴되기가 더욱 쉽다. 성이 무너지려 하면 배가 점차 불러 마치 벼를 담은 자루처럼 된다. 또 성가퀴가 자주 무너지는 것은 회로 때운 곳이 돌덩이처럼 굳어지지 않았기 때문이다.

외방 고을에서는 담장 위에 기와를 덮는다. 큰 나무를 사용하여 서까래를 줄지어 얹고 그 위에 기와를 얹는다. 보통 돌로 나무를 덮어서 나무가 썩는 것을 방지하므로 기와와 벽돌이 생겼다. 성 위에 나무 시렁을 얹는 것은 썩기를 방지하는 것이 아니라 썩기를 부추기는 것일 뿐이다.

더구나 기와 틈을 흙으로 채우는 탓에 기와가 잘 움직여 아래로 떨어지는 경우가 잦다. 참새 따위의 새가 구멍을 뚫고 바람과 비가 쳐들어와서 손상시키므로 보수하는 경비를 날마다 지출해야 한다. 온힘을 다해 썩는 것을 방지하느라 그 비용을 걱정하는 판국에 지금 온힘을 다해 썩는 것을 부추기니 좋은 방법이 아님은 자명하다. 그러므로 중국의 제도를 배우자고 하는 것이다. 먼저 궁성부터 벽돌로 쌓고, 나무시렁을 설치할 비용으로 성가퀴를 만든다. 지금도 구광화문舊光化門에는 석회를 사용한 흔적이 뚜렷하게 남아 있다.

어떤 사람은 "궁궐 담을 성으로 고쳐 쌓으려면 경비가 너무 많이 든다"라고 말한다. 비천한 백성이 초가집을 엮느라 10년 동안 들이는 비용이 기와를 얹는 것보다 많다. 국가가 만세토록 이어갈 사업을 세우려면 잠깐 고생하고 영원히 편안하게 지낼 방법을 택하는 편이 이익이 막대하다. 그러나 이 일도 수레가 없으면 벽돌로 축조하는 이익이 그다지 많지 않다. 모름지기 수레를 먼저 만들어 사용하고 그다음에 벽돌로 성을 축조하는 것이 옳다.

두 번째 이유는 성의 둘레가 너무 넓다. 현재 지방에 소재한 군의 성은 대개의 경우 길이가 10리가 넘는다. 40리에 달하여 한양성과 맞먹는 성도 있다. 그리하여 성안의 백성과 군사, 남자와 여자를 모두 동원해 성곽에 벌려 세워도 절반을 못 세운다. 이런 성을 어디에 쓰겠는가? 중국은 심양瀋陽과 같이 번성한 고을도 성곽의 길이는 10리에 불과하다. 계주薊州나 영평永平 같은 고을도 모두 그렇다. 저들이 설치한 위치소衛置所 역시 규모가 극히 작다. 맹자孟子께서 내성內城은 3리 외곽外郭은 7리라고 말씀한 바도 있다.

세 번째로 성의 외부만 신경 쓰고 내부는 팽개쳐 둔다. 성곽의 바깥쪽은 높이가 서너 길인데 성 내부에서는 곧바로 성으로 올라간다. 바깥쪽에는 성가퀴를 둘러쳤지만 안쪽에는 담이 없다. 성벽을 수비하는 군사가 죽음이 목전에 다가왔다면 도망가지 않을 자가 어디에 있겠는가? 평소에 훈련을 받지 않은 오합지졸들은 모두 병기를 버리고 도망하여 날아드는 화살과 돌을 잠깐이라도 피하려 할 텐데, 이것은 인정상 충분히 예상할 수 있다. 군법으로 처형해도 막을 도리가 없다. 그러므로 성이 없는 것과 똑같다는 말이 나온다.

네 번째로 성가퀴에 뚫은 현안懸眼인데 이 구멍은 성의 몸통을 뚫어서 아래로 향하게 만들지 않았다. 성이 높으면 높을수록 외적은 더욱더 가까이 접근하는데 그렇다고 탄환이나 화살로 포물선을 그리며 적을 쏘아 맞히겠는가? 더구나 성 밑에는 해자를 파지 않았으니 사정이 어떠하겠는가? 어떤 사람은 "우리나라는 산을 의지해서 성을 만들기 때문에 해자를 파지 않는다"라고 변명하기도 한다. 아무리 그렇더라도 해자를 팔 수 있는 곳이라면 반드시 파야 한다. 적도 방어하고 물이 스며들지 못하게 하여 성의 뿌리도 보호하기 때문이다.

다섯 번째로 옹성이 없다. 현재 흥인문興仁門(서울의 동대문) 하나만이 옹성이 있을 뿐인데 여기에도 문은 없다. 지방 고을에는 간혹 옹성을 설치했는데 그곳은 또 성가퀴가 없다. 옹성에 문이 없으면 지킬 수가 없고, 성가퀴가 없으면 올라갈 수가 없으므로 제 눈을 가리는 장애물이 될 뿐이다.

"옹성에 무슨 이익이 있느냐?"고 묻는다면 나는 이렇게 답하겠다. 성문은 모두 도로에 나 있어서 성문이 한번 무너지면 적이 곧바로 성안으로 들어올 수가 있다. 따라서 다른 시설보다 특히 중요하다. 다른 시설은 길에 있지 않고 지붕이나 담, 나무로 막혀 있어서 성벽이 무너지더라도 적이 깊숙이 침투할 수 없다. 따라서 반드시 옹성을 설치하여 성문을 보호해야 한다. 만일 바깥에 있는 문이 무너지더라도 안에 있는 문은 여전히 남아 있다. 게다가 옹성을 통하여 네 모퉁이에 있는 적도 두루 살피고, 또 대포도 막는다. 송宋나라의 채경蔡京(1047~1120)이 수도 변경汴京의 성을 (옹성을 쌓지 않고) 곧게 만들었기에 금金나라 군대가 네 모퉁이에서 대포를 설치하여 성문을 붕괴시켰다. 화력火力을 직선으로 성에 폭발시킨 덕분이다.

어떤 자는 "토성土城이 어떠냐?"고 말하기도 한다. 내가 평양과 안주安州의 새로 축조된 토성을 지나가며 본 적이 있다. 토성의 이점은 마치 대지가 자연스럽게 습기를 머금듯 비에 젖을까봐 두려워할 필요가 없다는 데 있다. 그런데 그 성들은 울타리와 같은 담을 엉성하게 축조하여 연결 부분의 석회가 돌덩이처럼 단단하지 않았다. 그 높이는 나무하는 아이나 소치는 아이들이 간간이 넘어서 갈 정도였다.

일반 주택에서도 100보步 길이의 담에 해마다 볏짚을 덮어씌워야 한다면 그 경비를 지탱할 수가 없다. 더구나 10리, 5리 길이의 성벽을 어떻게 지탱하겠는가? 그대로 방치해 두자니 안 되겠고, 보수하자니 그 비용을 감당할 수 없다. 차라리 그 비용을 전용하여 성 근처에 수십 개의 가마를 만들었다면 지금은 거의 모든 성을 벽돌로 쌓았을 것이다.

어떤 자는 강화도의 벽돌로 만든 성이 자주 붕괴되어 제 구실을 못한다고 반론을 제기하고 그 잘못을 벽돌로 성을 쌓자고 발의한 사람에게 돌린다. 하지만 이것은 성의 축조를 잘못한 탓이지 벽돌의 잘못이 아니다. 석회를 제대로 바르지 않는다면 벽돌이 없는 것과 같다. 또 성 전체를 모두 벽돌로 쌓지 않으면 성을 쌓지 않은 것과 똑같다. 토성의 겉에 벽돌을 한 겹 덧붙여 놓고서 웅장하게 보이고 무너지지 않기를 바라는데 그것은 있을 수가 없는 일이다.

이희영李喜英은 "우리나라의 성은 모두 그림 속에 있는 성일 뿐이다"라고 말했다. 성이 외면은 그럴 듯해 보이지만 내실은 그렇지 못함을 꼬집는 말이다.


## 벽돌甓

벽돌은 크고 작기를 마음대로 한다. 늘 사용하는 벽돌은 네 개를 쌓으면 면面이 같고, 세로로 세 개를 놓으면 길이가 같다. 벽돌을 서로 문질러서 판판하게 만든 다음 사용한다. 문지를 때 나오는 벽돌 가루는 석회와 섞어 쓴다.

벽돌 가마는 종을 덮어 놓은 형상인데 나선형으로 만들었다. 굴뚝은 그 정수리에 내 놓았다. 가마 안에 벽돌 하나씩 건너 띄워서 쌓는데 마치 요사이 꿀떡을 켜켜이 쌓아 놓은 모양과 같다. 그다음 중앙부에 아궁이를 설치했다. 그렇게 하면 화력이 균일하게 퍼져서 멀고 가까운 거리에 따라 덜 구워지고 더 구워지는 차이가 없을 듯했다.

가마 하나에서 8천 개의 벽돌을 생산했다. 여기에는 수레 두 대 분량의 수숫대가 소요되었다. 그 양은 대략 말 네댓 필에 실어 나르는 정도에 불과하다. 내가 가마를 설치한 곳 한 군데를 탐방한 적이 있는데 그때 가마 주인이 나를 이끌어 가마 안으로 들어오게 해서 주고받은 문답의 내용이 이상과 같았다.

현재 천하는 지면 위로 5~6길과 지면 아래로 5~6길이 모두 벽돌로 덮여 있다. 벽돌을 위로 높게 쌓아 만든 건축물로 누대, 성곽, 담이 있고, 깊이 파서 만든 건축물로 교량과 분묘, 운하와 제방 따위가 있어서 천하만국을 옷처럼 두르고 있다. 백성들이 수재나 화재의 피해, 도적의 침입, 썩거나 물에 젖는 것, 건물이 기울고 무너지는 것을 염려하지 않는다. 이 모든 것이 벽돌의 힘이다. 벽돌의 효과가 이 정도인데도 불구하고 우리나라 수천 리 강토 안에서만은 벽돌에 대해 강구하지 않고 팽개쳐 두고 있다. 실책이 너무 크다. 어떤 사람은 "벽돌이 흙으로부터 만들어진 것이라서 우리나라에는 기와는 있지만 벽돌은 없다"고 말하기도 한다. 이는 전혀 그렇지 않다. 둥글게 만들면 기와가 되고, 네모나게 만들면 벽돌이 된다.

중국에서는 키 작은 담장조차도 성과 차이가 나지 않는데 벽돌을

벽돌 굽는 장면 『천공개물』

사용하는 덕택이다. 길을 끼고서 양편에 점포를 개설했는데 그 점포의 뒷면은 모두 벽돌이다. 길의 양끝에 마을 공동의 문을 만들어 누각을 세워 놓았다. 그리고 그 문을 닫아서 마을을 지킨다. 이 문을 지나야 마을의 점포로 들어갈 수 있으므로 도적도 경솔하게 공격해 들어올 수 없다. 옛날에 '골목의 전투', '대로의 전투'라는 말이 나온 것은 이 때문이다.

어떤 이는 "개인적으로 벽돌을 구우면 나라 전체에 쓰지는 못해도 자기 집안에서 사용하는 것쯤은 가능하다"라고 말하기도 한다. 그 말도 옳지 않다. 백성들의 일상생활에 긴요한 것은 반드시 상호 간에 도움을 주고받으면서 쓰여야 한다. 지금 나라 안에서 벽돌이 사용되지 않는데 나만 홀로 만든다고 하자. 벽돌 굽는 가마도 내가 만들고, 접착용 석회도 내가 만들고, 벽돌 싣는 수레도 내가 만들어야 한다. 많은 공인이 할 일을 내가 모두 직접 해야 한다면 발생하는 이익이 얼마나 되겠는가? 흙이나 나무가 풍족한 시골이라면 혹시 가능할지도 모르겠다.

이제 벽돌의 사용을 권장하고자 한다면 반드시 백성들이 구운 벽돌을 관청에서 후한 값으로 구매해야 한다. 그렇게 한다면 10년 내로 나라 안에서 모두들 벽돌을 사용할 것이다. 나라 안에서 모두들 벽돌을 사용한다면 벽돌 값을 싸게 하려고 애쓰지 않아도 저절로 싸질 것이다. 다른 물건도 다 마찬가지다. 이것이 위에 있는 자의 힘이다.

아주 먼 서양에서는 벽돌을 구워 가옥을 짓기에 천 년이 지나도 보수하지 않는 건물이 있다고 들었다.[1] 이것은 비용을 절약하는 극단적인 사례라고 하겠다. 이것이 사실이라면 중국의 장화궁章華宮이나 아방궁阿房宮이 현재까지도 남아 있을 수 있다는 말이므로 후세의 제왕들이 궁궐을 축조하는 토목공사로 백성들의 힘을 고갈시키는 일이 다시는 없을 것이다.

우리나라 사람들은 아침저녁의 일조차도 걱정하지 않는다. 그래서 온갖 기예가 황폐해져 날마다 해야 할 일이 번잡하게 쌓여 있다. 백성들은 그런 탓에 일정한 의지가 없고, 나라는 그런 탓에 변치 않고 유지되는 법령이 없다. 그 원인은 모두 임시변통하는 대처에 있

---

1    서양 고건축에 관한 이 정보는 줄리오 알레니가 지은 『직방외기』(職方外紀. 천기철 옮김. 일조각. 2005)의 유럽총설(歐邏巴總說)과 이탈리아 항목에서 얻은 것이다.

다. 그런데도 그런 대처가 백성을 곤궁하게 만들고 재정을 고갈시키는 해악을 끼쳐 나라를 나라꼴이 아닌 상태로 전락시켰다는 사실을 전혀 모른다.

가령 벽돌로 담을 쌓아 수백 년 동안 담이 붕괴되지 않는다면 나라 안에 담을 쌓는 공사가 사라져 소득이 많아질 것이다. 나머지 일은 이 사례를 통해서 미뤄 짐작할 수 있다. 지금 지은 지 한 달 만에 담이 붕괴되고, 1년 만에 집이 부서지는 일이 일어나는 이유가 도대체 무엇인가?

벽돌은 크기를 막론하고 단단하고 좋은 품질의 점토를 쓰고, 화력을 충분하게 가하는 데 달려 있다. 모름지기 8월과 9월 사이에 물기가 많은 점토를 잘 이겨서 몹시 차지게 만들어 크고 작은 벽돌 틀에 넣어 찍는다. 찍은 벽돌을 응달에서 말리고 믿을 만한 가마장이에게 맡겨서 한 번의 불로 구워 꺼낸다. 불의 세기가 적당하고 고르게 가해져 두드려서 쇠종이나 경쇠 소리가 나는 벽돌을 골라내어 최상품으로 친다. 벽돌을 사용하기에 앞서 다시금 네모반듯하게 다듬고, 번쩍거릴 정도로 간다.

반드시 8월과 9월의 점토를 사용하는 이유는 가을이나 겨울 사이에는 토질이 단단하게 엉겨 붙는 반면 봄과 여름 사이의 토질은 푸석푸석하고 무르기 때문이다. 가마 주인에게 물어보았더니 가을에 나온 점토 벽돌은 열에 하나도 부서지는 것이 없는 반면, 봄과 여름 사이의 벽돌은 열에 두셋은 부서진다고 했다. 그의 말이 틀림없는 증거가 되리라.

벽돌 사이의 틈을 붙이는 데는 아주 고운 석회를 사용한다. 오동 기름을 사용하여 석회를 차지도록 방아공이로 다져 이긴다. 벽돌을 쌓을 때 이 석회를 준비했다가 벽돌의 네 면에 바른다. 제일 위층 벽 돌을 붙일 때에는 그 아래층은 벌써 단단하게 굳어 움직여지지 않을 것이다.

이때 집을 짓거나 담을 쌓을 때 늘 해 오던 대로 벽돌의 네 가장 자리에만 석회를 사용하고 그 속은 비워 두자는 장인들의 말을 곧이 곧대로 들어서는 안 된다. 이는 옹색한 방법이다.

벽돌은 한 가마당 네 명의 인부가 나흘 동안 일하면 제조 작업이 끝난다. 그 사이에 풀이나 수숫대 짚 300단을 베어 놓는다. 물에 담 가 떡가루를 반죽하듯이 진흙을 뒤섞어 벽돌판에 채운다. 벽돌판은 하나의 틀에 널판을 끼워 두 개의 판으로 분리한다. 흙이 고르게 되 기를 기다리되 진흙을 몹시 탁하게 섞었으므로 손으로 다지지 않아 도 저절로 잘 섞인다.

한 사람당 하루에 초벌 벽돌 400개를 다져 만든다. 천을 덮어 두 고 바짝 말린 다음 가마에 넣고 밤낮으로 사흘 동안 불을 때면 벽 돌이 구워진다. 큰 가마에서는 1만 개의 벽돌을 얻을 수 있다. 벽돌 100개당 은 1전錢 2푼分의 값이 나간다. 한 가마에서 네 사람이 나흘 동안 일하여 벽돌 1만 장으로 은 12냥을 벌 수 있다. 작은 가마는 대 체로 인부와 날짜가 더 줄어들고 벽돌 4~5천 개를 얻을 수 있다.

# 기와瓦

중국의 기와는 둥근 원통을 4등분한 모양으로 길이는 우리 기와의 길이와 같고, 너비는 우리 기와 길이의 반이다. 중국에는 수키와가 없고 기와를 번갈아 깔아 서로 암수가 되도록 한다. 오직 궁궐과 사묘祠廟에서만 수키와를 사용할 수 있다. 처마 끝의 수키와는 모두 그 끝에 말발굽처럼 막새를 질렀다.

기와가 크다고 좋은 것이 아니다. 수키와를 사용하지 않는 것도 무방하다. 기와가 크면 만곡도彎曲度가 커서 회를 바를 데가 반드시 많아진다. 현재 우리나라에서는 기와의 위아래에 모두 흙을 채운다. 그래서 지붕이 너무 무거워 기울기 쉽다. 게다가 여러 해가 지나면 흙이 빠져나가 기와가 떨어진다.

둥근 원통을 4등분한 모양의 기와는 그다지 심하게 동그랗지 않고, 또 서로 암수가 되어 이가 잘 맞는다. 두 개의 기와 사이에 틈이 벌어지지 않아서 석회를 발라 붙이면 돌과 같이 단단하다. 따라서 중국의 지붕은 참새나 쥐가 감히 구멍을 뚫지 못한다.

담과 벽에 통풍도 시키고 밖을 내다보도록 하는데 기와를 두 개씩 서로 합해 쌓아서 저절로 암수가 되게 하면 물결무늬가 만들어진다. 네 개를 합하면 둥근 원통이 되고, 네 개를 서로 등지게 놓으면 노전魯錢[2] 모양이 된다. 그리고 두 개씩 합해서 5개를 나열하면 꽃받침 모양이 된다. 단지 기와 하나를 가지고 천하의 대단히 멋진 무늬

**고노전古魯錢** 이덕무가 지은 『윤회매십전』에 실린 매화의 여러 모양 중 하나가 고노전이다. 버클리대 소장 사본.

가 만들어진다. 모두 우리 기와가 미치지 못하는 장점이다. 다른 까닭이 아니라 기와가 크고 규격이 맞지 않기 때문이다.

## 주택宮室

주택은 모두 일자형으로 서로 붙이거나 꺾지 않았다. 맨 처음에 놓인 집이 주가 되면 그 좌우에 있는 곁채가 소목昭穆[3]이 되어 향배向背

2    노전은 고노전(古魯錢) 모양을 말한다. 『삼재도회』(三才圖會)를 비롯하여 이덕무의 『윤회매십전』(輪回梅十箋. 『청장관전서』 권62) 등에 수록된 매화 그림 가운데 '다섯 개의 꽃잎이 말려 있고 가운데의 꽃술이 나오지 않은 모양'의 꽃잎을 고노전이라고 설명했다.
3    종묘(宗廟)나 가묘(家廟)에서 신주를 모시는 차례를 정하는데 왼편에 모시는 것을 소(昭)라 하고, 오른편에 모시는 것을 목(穆)이라 한다.

가 다르다. 그러나 짓는 구조는 대략 같고, 세 겹 네 겹으로 짓기까지 한다. 반드시 문을 한복판에 내어서 모든 문을 활짝 열고 멀리 바라보면 사람들은 점점 작아져 보이고 문의 모양은 갈수록 뾰족해 보인다. 이처럼 멀고 곧게 문을 내었다.

대략 집 한 채의 크기는 4~5칸이고 너비는 5량梁에서 7량이다. 한 칸의 크기는 우리나라 칸에서 3분의 1을 더했다. 중문中門의 안은 3등분하여 동서 양쪽에 작은 문을 내었다. 작은 문 안은 3등분하여 남북으로 마주보고 중국 구들(炕)을 놓았다. 구들의 남쪽은 모두 출입문을 내었다. 출입문은 반드시 안쪽으로 걸어 두어 마치 먼지받이와 같았다.

구들 높이는 걸터앉을 만한 정도이고, 구들 아래에는 모두 벽돌을 깔았다. 중문 안쪽 네 모서리에 아궁이를 만들었다. 남쪽 처마 밑 작은 문 안쪽에 아궁이를 만들기도 한다. 반드시 굴뚝에 공을 들이는데 그 높이가 작은 탑만 하다. 벽 속에 끼워 지붕 위로 솟게 만들거나 땅을 파고 묻어 뜰에 세워 짓는다.

점포의 뜰은 모두가 활쏘기를 할 수 있을 만큼 시원스럽게 넓다. 수레와 말이 드나들고, 가축도 기를 만하다. 환하게 드러나 보이는 것이 싫으면 조장照牆(대문 안쪽에 세워서 내부가 보이지 않도록 가로막은 담)을 설치하여 문을 막는다.

벽돌은 사이를 띄워서 마치 음괘陰卦 모양(--)으로 만든다. 어떤 것은 아자亞字 모양으로 가운데를 비워서 창살 대용으로 쓰는데 벽돌을 절약하는 효과도 본다. 간혹 벽돌 위에 백토를 발라서 난초와 국화 따위의 묵화墨畵를 그려 넣기도 한다. 크기가 들쭉날쭉한 돌로 벽을 쌓거나 섬돌을 만들면 면이 고르지 않다. 그럴 경우에는 청회靑灰로 메워서 모두 가요哥窯 무늬[4]가 만들어진다. 집의 양쪽에는 둥근 창을 뚫었고, 벽돌로 박풍搏風(박공博栱)을 만들었는데 마치 깎은 듯하다.

산해관 동쪽 지방에 사는 빈민들은 흙집을 많이 짓는다. 그 방법은 삼면에 담을 쌓고 앞쪽 한 면에만 나무로 문틀을 만든다. 수숫대를 긴 홰처럼 묶어 다발을 만든다. 그 다발을 담장 위에 가랑이를 벌려 지붕을 덮어서 서까래와 기와 대용으로 쓴다. 이를 여러 겹으로 덮으면 그 두께가 몇 자가 되는데 용마루를 둥그스름하면서 거의 평탄하게 만든 다음 그 위에 흙이나 회 등을 덮는다. 지붕을 평평하게 만든 목적은 비가 오더라도 흙이 흘러내리지 못하게 하려는 데 있다.

기와집을 만드는 제작법도 똑같다. 이를 '들보 없는 집'(無梁屋)이라고 부른다. 어떤 사람은 요동 평야에는 바람이 심하여 들보를 낮추고 흙으로 덮어 눌러야만 기와가 날아가지 않는다고 했다.

초가집은 대략 14~15년에 한 번씩 지붕을 잇는다. 지붕잇기를

4 '가요'(哥窯)는 형(兄, 哥哥)의 도자기란 뜻으로, 곧 '용천요'(龍泉窯)를 가리킨다. '용천요'는 중국 송대(宋代)의 저명한 도요지이다. 가요의 특징은 흑갈색(黑褐色)의 자태(瓷胎)를 가졌으며, 문편(紋片)을 띠고 있다. 그래서 잘게 갈라진 것처럼 보이는 자기의 무늬를 가요무늬라고 한다.

하는 방법을 보면, 볏짚을 재료로 사용하는데 먼저 짚을 추리고 그 뿌리를 잘라서 가지런히 한다. 짚을 한 줌 남짓 쥐어서 처마 끝에 죽 벌려 놓되 짚의 뿌리 부분을 아래로 하고 이삭이 달렸던 부분을 위로 놓는다. 짚 한 줌에 진흙 반죽 한 덩이로 눌러서 벼를 거꾸로 심듯이 한다. 두께가 두 자 이상 되도록 쌓고 방망이로 두들겨 매우 단단하게 붙인다. 점차 한 켜 두 켜 쌓아 올라가는데 한 켜의 사이를 매우 짧게 한다. 첫 켜부터 두꺼우면 짚의 뿌리께가 점차 높아지고 이삭께는 점차 낮아져서 두 번째 켜에 이르면 볏짚은 벌써 거꾸로 서게 된다. 따라서 지붕을 덮은 모양이 마치 말갈기를 자른 다음 그 끝을 보는 것과 같다.

용마루는 진흙 반죽이나 회를 바른다. 지붕 좌우에는 큰 나무나 돌덩어리를 사용하여 누른다. 혹은 기와와 벽돌을 사용하여 용마루나 양옆을 마치 옷에 가장자리 선을 대듯 하였다. 짚은 우리나라에 비하여 대여섯 곱절을 더 쓴다. 요동에는 무논이 없기 때문에 모두 조의 짚을 사용하지만 남방에서는 당연히 볏짚을 사용한다.

우리나라의 지붕은 머리를 빗질하듯, 털을 솔질하듯 잇는다. 한 줄기의 짚이라도 세워 두면 먹을 갈 듯이 썩지만 눕혀 두면 종잇장 썩듯 한다. 이것이 중국과 우리나라의 지붕을 잇는 방법의 차이다.

저들 중국의 집은 비록 엉성하고 꺾임이 없이 단순하기는 하나 다음과 같은 유익한 점이 몇 가지 있다. 첫째 삼면에 쓸데없는 처마가 없어서 지붕 아래는 한 자 한 치라도 모두 쓰임새가 있다. 둘째

벽을 벽돌로 쌓아서 기울지 않는다. 셋째 벽이 두터워 춥지 않다. 넷째 한번 문을 닫으면 곳간문과 궤짝문, 부엌문, 방문 등을 모두 잠근 것과 같아서 밤에 도둑을 걱정할 일이 많이 줄어든다. 아무리 들판에 외따로 있는 집이라도 집을 지으면 담은 갖추어진 셈이다.

우리나라는 1천 호戶가 사는 마을이라도 반듯하여 살 만한 집을 한 채도 찾아볼 수 없다. 평평하지 않은 언덕에 다듬지도 않은 나무를 세우고 새끼줄로 묶어 기둥과 들보로 삼는다. 기울든 똑바르든 불문하고 흙손을 사용하지도 않고 손으로 진흙을 바른다. 문에 틈이라도 생기면 개가죽을 베어 못으로 박아 놓으니 그 못에 옷이 걸리기 일쑤다. 혹은 짚을 머리 땋듯이 땋아서 그 틈에 붙이기도 한다. 구들장은 울퉁불퉁하여 앉고 누우면 늘 몸이 기운다. 불을 때면 연기가 방안에 가득하여 숨이 꽉 막힐 지경이다. 문창에 종이가 찢어지면 해어진 버선으로 막아 버린다. 이렇듯이 법도가 전혀 없다.

백성들은 살아오면서 눈으로는 반듯한 것을 보지 못했고, 손에는 정교한 기술을 익히지 못했다. 온갖 분야의 장인과 기술자들이 모두가 이 가운데서 배출되었으므로 모든 일이 형편없고 거칠며, 번갈아들며 그 풍습에 전염되었다. 이런 상태에서는 아무리 훌륭한 재간과 고매한 지혜를 소유한 자가 나타나도 이렇게 굳어진 풍속을 타개할 방도가 없다. 그렇다면 어떻게 해야 하나? 중국을 배우는 것 이외에는 방법이 없다.

지금 도성에는 화려하고 사치한 저택이 간간이 있는데 그 저택의 대청이나 구들장이 평평한 데가 없어 바둑판을 놓으려면 반드시 바둑돌을 가져다 바둑판의 다리 하나를 괴어야 한다. 작은 여염집은 고개를 들고 서 있지 못하고, 누울 때에는 다리를 마음대로 펴지 못한다. 이런 집 100호戶가 있어도 실제로는 중국의 집 10호도 당하지 못한다.

또 도랑물이 뚫려 있지 않아 변소에는 늘 분뇨가 가득하고, 비가 조금이라도 오면 물이 부엌으로 들어온다. 그래서 개울 옆 집에서는 대개 장마에 물이 범람할까봐 걱정하여 여름날 비 오는 것을 원망한다. 무슨 문제인가? 중국처럼 도랑과 하천을 준설하고, 제방을 쌓지 않았기 때문이다.

또 지세의 높낮이를 따지지도 않은 채 물이 말라 모래 바닥이 조금 드러나면 경계를 침범하여 집을 짓는다. 그런 탓에 시냇물이 막히기 일쑤고 도로가 제대로 통하지 않는다. 이 지경에 이르면 가옥 제도의 정교함과 거침은 굳이 논할 처지도 못 된다. 여기서 국가 제도의 흥폐를 얼추 짐작할 수 있다.

일본의 주택은 구리기와, 나무기와의 차등은 있으나 집 한 칸의 너비와 창호의 치수는 위로는 왜황倭皇과 관백關白에서부터 아래로는 서민에 이르기까지 차이가 없다. 예를 들어 한 집에서 부족한 것이 있으면 사람들은 모두 그것을 시장에 나가 사온다. 이사를 하면 장지문, 탁자 같은 물건이 부절符節을 합한 듯 서로가 맞는다. 『주관』周官에서 서술한 제도가 도리어 바닷속 섬에 가 있을 줄을 생각지도 못했다.

# 삿자리簟

중국에서 아주 유용하게 쓰이는 물건 세 가지가 있는데 수레와 벽돌과 삿자리이다. 수레로 물건을 운반하고, 벽돌로 건물을 쌓고, 삿자리로 지붕을 덮으면 집을 짓는 일이 절반은 완성된다. 우리나라도 삿자리가 있지만 폭이 좁고 넓지 못하다. 현재 점방의 온돌이나 배 안에서는 많이 사용하고 있으나 크기만 하고 규격이 고르지 않다.

중국의 삿자리는 모두 중국 구들의 너비를 기준으로 삼는다. 집을 지을 때 서까래를 걸고는 바로 삿자리를 덮는다. 삿자리는 청결하고 결이 촘촘해서 천장에 흙을 바르는 일도 없고, 천장판을 얽지 않아도 된다. 지붕이 대단히 가벼워져서 집이 기울지도 않는다.

또 여름날 뙤약볕이 내려 쪼일 때에는 시장 점포의 양쪽 편에 긴 장대를 지붕보다 높게 세우고 골목길의 너비만큼 삿자리를 덮는다. 그러면 가장 큰 길을 제외하곤 모두 햇볕이 보이지 않는다. ─들어 보니 이 물건은 모두 세를 내어 빌려오는데 가을이 되면 주인이 모두 걷어 간다고 한다.

조선관朝鮮館(조선 사신이 북경에서 머물던 관사. 현재의 대사관)의 앞뒤 뜰과 통관通官이 머무는 집도 공부工部에서 삿자리를 내주고 있다. 한복판의 두세 장은 양쪽에서 끈으로 잡아당겨 마음대로 여닫게 했다. 그 끈을 기둥에 묶었다가 해가 져 방안이 먼저 어두워지면 삿자리를 걷어 빛이 들어오게 한다. 평상을 그 아래로 옮겨서 바람을 쐬기도 하고 일을 마치면 다시 덮는다.

상가에서는 문 안팎에 반드시 삿자리를 집처럼 높이 걸어서 음악을 연주하고 불경을 염송하는 장소로 이용한다. 마당놀이나 연극도 마찬가지다. 용마루와 서까래, 층층다락은 삿자리로 덮어서 아스라한 풍경을 연출하고 비바람도 들어오지 않아 대궐 같은 건물 하나가 훌륭하게 만들어진다.

## 창호窓戶

단청을 칠하지 않았다면 창틀 밖에 창호지를 바른 창이 많다. 창은 대개 방 안에서 밀어 열기 때문에 바깥쪽을 바르면 종이가 손에 닿지 않는다. 비바람은 밖에서 안으로 치기에 바깥 면에 창호지를 바르면 벗겨지지 않는다. 햇볕이 곧바로 들어와 창틀에 그림자가 지지 않아서 곱절이나 환하다. 또 창살에 먼지가 쌓이지 않는다. 이런 것들은 작은 일에 불과하지만 반드시 눈여겨볼 점이 있다. 창호 안에는 끈을 묶어 방울을 매달기도 하는데 조금이라도 열면 딸랑딸랑 소리가 울린다.

**포지鋪地**  조약돌과 자갈 따위를 이용하여 정원의 뜰과 길을 장식한 것. 계성計成의 『원야』園冶에서는 이를 포지라 하여 중시했다. 중국 정원의 기본적인 장식의 하나다.

## 뜰階砌

물에 씻겨 반들반들해진 주먹만 한 크기의 조약돌이 물가에 많다. 조약돌은 둥글고 미끌미끌하여 쓰임새가 별로 없다. 돗자리를 짜는 끈에 매달아 고드랫돌로 쓰기는 하나 버리는 물건에 지나지 않는다. 그러나 중국인들은 이것을 계단과 뜰에 깔아서 추녀의 낙숫물을 받거나 발로 밟는 용도로 많이 이용한다. 잘게 부순 조약돌을 가로 세로 적절하게 깔아서 꽃과 새 등 각양각색의 모양을 만든다.

## 창고 쌓기築倉 三則

창고는 반드시 벽돌로 쌓는다. 혹은 조약돌로 바닥을 다져 화재를 막고 쥐의 출입을 방지하며 습기를 막기도 한다. 창고만이 아니라 가옥의 벽과 구들도 다 벽돌을 사용하는 것이 마땅하다. 요사이 민가民家 중에 잘 기울거나 네모반듯하지 않은 것은 벽돌을 사용하지 않은 결과이다.

근세에는 벽돌을 굽는 자가 나타나고 있으나 가마를 바른 방법으로 만들지 못해 정말 걱정이다. 반드시 소나무 장작의 매서운 열을 가할 뿐만 아니라, 벽돌을 굽고 난 뒤 꼭대기에 물을 뿌리는 좋은 방법을 쓰지 않는다. 그래서 벽돌이 항상 건조하고 단단하여 석회가 달라붙지 않는다. 기와도 마찬가지다.

# 상업 시장과 우물, 장사, 은, 화폐, 말단의 이익

## 시장과 우물市井

북경의 아홉 개 성문 안팎으로 뻗은 수십 리 거리에는 관아와 아주 작은 골목을 빼놓고는 대체로 길을 끼고 양옆으로 상점이 늘어서 있다. 시골도 마찬가지로 그렇게 점포가 늘어서서 마치 옷에 가선을 두른 것과 같다. 상점은 제각기 점포 이름과 파는 물건 이름을 가로 세로로 간판을 세워 걸어 두었으므로 금빛 글자가 휘황찬란하게 빛난다. 큰길에는 따로 판잣집을 더 설치하여 붉게 칠해 놓았고, 골목 입구나 문 앞에는 제각기 화표華表(궁전이나 능 따위의 큰 건축물 앞에 아름답게 조각한 돌기둥)나 목재 문궐門闕(도로 양편에 세운 누각형 기둥)을 세워 놓았다. 점포 안에는 늘 사람들이 빽빽하게 들어차서 마치 연극을 관람하는 인파와 같다. 또 동악묘東岳廟와 융복사隆福寺 등지에서는 특별한 날을 정해 시장을 여는데 진기한 보물과 괴상한 물건들이 매우 많다.

우리나라 사람들은 번화한 중국 시장을 처음 보고서는 "오로지 말단의 이익만을 숭상한다"라고 말한다. 이것은 하나만 알고 둘은 모르는 말이다. 무릇 상인은 사농공상士農工商 네 부류 백성의 하나 이지만 그 하나가 나머지 세 부류 백성을 소통시키므로 열에 셋의 비중을 차지하지 않으면 안 된다.

지금 쌀밥을 먹고 비단옷을 입고 있다면 그 나머지는 모조리 쓸 모없는 물건으로 간주할 수 있다. 그러나 쓸모없는 물건을 활용하여 쓸모있는 물건을 유통시키고 거래하지 않는다면, 이른바 쓸모있다 는 물건은 대부분 한곳에 묶여서 유통되지 않거나 그것만이 홀로 쓰 여서 고갈되기 쉽다.

따라서 옛날의 성왕聖王께서는 보석과 화폐 따위의 물건을 만들 어 덜 긴요한 물건으로 더 긴요한 물건의 상대가 되도록 하셨고, 쓸 모없는 물건으로 쓸모있는 물건을 사도록 하셨다. 게다가 배와 수레 를 만드셔서 험준하고 외진 곳까지도 물건을 유통시키셨다. 그렇게 하고도 천 리 만 리 먼 곳에 물건이 이르지 못할까봐 염려하셨다. 이 렇듯이 백성들에게 폭넓게 베풀어 주셨다.

지금 우리나라는 지방이 수천 리라서 인구가 적지 않고 갖추어지 지 않은 물산이 없다. 그럼에도 불구하고 산과 물에서 얻어지는 이 로운 물건을 전부 세상에 내놓지 못하고, 경제를 윤택하게 하는 도道 를 제대로 갖추지 않았다. 그런데도 날마다 쓰는 물건과 할 일을 팽 개쳐 둔 채 대책을 강구하지지 않는다. 그러고서 중국의 주택, 수레와 말, 색채와 비단이 화려한 것을 보고서는 대뜸 "사치가 너무 심하다!"라고 말해 버린다. 중국이 사치로 망한다고 할 것 같으면 우리나라는 반드시 검소함 탓에 쇠퇴할 것이다.

왜 그러한가? 물건이 있음에도 불구하고 쓰지 않는 것을 검소함이라고 일컫지 자기에게 물건이 없어 쓰지 못하는 것을 검소함이라고 일컫지는 않는다. 현재 우리나라에는 진주를 캐는 집이 없고 시장에는 산호珊瑚의 물건 값이 매겨져 있지 않다. 금이나 은을 가지고 점포에 들어가서는 떡과 엿을 사먹지 못한다. 이런 우리 풍속이 정녕 검소함을 좋아하여 그렇겠는가? 단지 재물을 사용할 방법을 모르는 것에 불과하다. 재물을 사용할 방법을 모르기에 재물을 만들어 낼 방법을 모르고, 재물을 만들어 낼 방법을 모르기에 백성들의 생활은 날이 갈수록 궁핍해 간다.

재물은 비유하자면 우물이다. 우물에서 물을 퍼내면 물이 가득차지만 길어 내지 않으면 물이 말라 버린다. 마찬가지로 비단옷을 입지 않으므로 나라에는 비단을 짜는 사람이 없고, 그 결과로 여성의 기술이 피폐해졌다. 조잡한 그릇을 트집 잡지 않고 물건을 만드는 기교를 숭상하지 않기에 나라에는 공장工匠과 도공, 풀무장이가 할 일이 사라졌고, 그 결과 기술이 사라졌다. 나아가 농업은 황폐해져 농사짓는 방법이 형편없고, 상업을 박대하므로 상업 자체가 실종되었다. 사농공상 네 부류의 백성이 너나 할 것 없이 다 곤궁하게 살기에 서로를 구제할 길이 없다. 나라 안에 보물이 있어도 강토 안에서는 용납되지 않으므로 다른 나라로 흘러간다. 남들은 날마다 부유해지건만 우리는 날마다 가난해지니 이것은 자연스러운 추세다.

지금 종각鐘閣이 있는 종로 네 거리는 연달아 있는 시장 점포의 거리가 1리里가 채 안 된다. 중국에서는 내가 거쳐 간 시골 마을의 점포가 대개 몇 리에 걸쳐 있었다. 또 거기에 운송되는 물건의 번성함과 품목의 다양함이 모두 온 나라의 물건으로도 미치지 못한다. 점포 한 개가 우리나라보다 더 부유한 것이 아니라 물자가 유통되느냐 유통되지 못하느냐에 따른 결과이다.

채 판서蔡判書 —이름은 제공濟恭으로 연행 당시 진주사陳奏使의 부사副使였다— 께서는 이렇게 말씀하셨다.

"지금 종루鐘樓의 북쪽 거리는 조금 비좁다. 길을 확장하여 거리를 나란하게 정비하고 시장 사람들이 제각기 상호를 달고 '영남산 면포 판매' '남원산 평강산 부채와 종이 판매' '강삼江蔘 나삼羅蔘 판매'라는 글자를 대서특필하여 써 붙여서 흥인문興仁門에서 숭례문崇禮門까지 제도를 완전히 바꾼다면 대단히 통쾌하지 않겠는가?"

중국은 우물이 아무리 커도 반드시 석판이나 나무판에 구멍을 뚫어 덮는데 입구를 작게 만들어 우물에 빠지거나 먼지가 들어가는 것을 방지한다. 도르래를 설치하고 두레박 두 개를 매달아 줄 하나는 왼편으로, 하나는 오른편으로 움직인다. 하나가 위로 올라가면 하나는 아래로 내려가게 만들었으니 보통 물을 푸는 것보다 곱절이나 많은 양을 푼다.

# 장사商賈

중국 사람은 가난하면 장사를 한다. 그렇더라도 정말 사람만 현명하면 원래 가진 풍류와 명망은 그대로다. 그래서 유생儒生이 거리낌 없이 서사書肆를 출입하고, 재상조차도 직접 융복사 앞 시장에 가서 골동품을 산다. 내가 융복사에서 지체가 매우 높은 인물을 만난 적이 있는데 우리나라 사람들이 모두 그 사람을 비웃었다. 그러나 그렇게 비웃을 일은 정말 아니다. 이 풍습은 청나라의 풍습이 아니라 송宋과 명明 때부터 벌써 그러했다.

우리나라는 풍속이 허례허식을 숭상하고 주위의 눈치를 살피며 금기하는 것이 너무 많다. 사대부라면 차라리 놀고먹을지언정 농사 짓는 따위의 일을 하지 않는다. 그래도 들녘에서 농사를 지으면 남들이 알아차리지 못할 수도 있다. 어쩌다 양반이 잠방이를 걸치고 패랭이를 쓴 채 "물건 사시오!"라고 외치며 장터를 돌아다닌다거나 먹통이나 칼, 끌을 가지고 다니면서 남의 집에 품팔이하며 먹고산다면 부끄러운 짓을 한다고 비웃으며 혼사를 끊지 않는 자가 드물 것이다. 그러므로 집안에 동전 한 푼 없는 자라도 모두가 다 성장盛裝을 차려입어 차양 넓은 갓에다 넓은 소매를 하고서 나라 안을 쏘다니며 큰소리만 친다. 그러나 그들이 입고 먹을 것이 어디에서 나오겠는가?

마지못해 세력가에 빌붙어 권력을 얻으려고 하므로 청탁하는 풍습이 형성되고 요행수나 바라는 길을 찾는다. 이러한 짓거리는 장터의 장사꾼들도 더럽게 여기는 행위이다. 따라서 나는 차라리 중국처럼 떳떳하게 장사하는 행위보다 못하다고 말한다.

## 은銀

우리나라는 해마다 은 수만 냥을 북경에 실어 보내 약재와 비단을 사 오는데 그 반면에 우리나라 물건을 팔아 저들의 은을 바꿔 오는 일은 없다. 은이란 천년이 지나도 없어지지 않는 물건이지만 약은 사람에게 먹여 반나절이면 사라져 버리고 비단은 시신을 감싸서 묻으면 반 년 만에 썩어 없어진다. 천년이 지나도 없어지지 않을 물건을 날마다 달마다 녹아 없어지는 물건으로 바꾸어 오고, 우리 산천에서 산출되는 한정된 재물을 한번 가면 다시는 돌아오지 않을 땅으로 보낸다. 당연히 은이 날이 갈수록 품귀 현상을 빚는다. 무릇 화폐란 이리저리 유통되어 끝날 때가 없는 것이 그 특성이다. 그렇지 않다면 바닷속으로 들어가는 진흙소[1]와 다를 것이 있겠는가?

---

1  『경덕전등록』(景德傳燈錄)의 「담주용산화상」(潭州龍山和尙) 조에 나오는 말이다. "동산화상(洞山和尙)이 또 '무슨 이치를 깨달았기에 이 산에 머무는가?'라고 묻자 용산화상(龍山和尙)이 답했다. '나는 두 마리 진흙소가 싸우다가 바다로 들어가는 것을 보았는데 지금까지 아무런 소식이 없더이다.'" 그 뒤로 '진흙소가 바다로 들어간다'는 말은

## 화폐錢

중국 건륭제乾隆帝 때 주조한 화폐는 강희제康熙帝 때 주조한 화폐보다 못하다. 그러나 재질이 좋아 여전히 깨끗하고 윤택이 나며 크기가 똑같다. 우리나라에서 새로 주조한 화폐는 서로 크기가 다르다. 게다가 주석이 많이 섞여 결이 성글고 재질이 물러서 꺾어질 수 있다. 최상책은 지금 동전의 수량이 많으므로 군이 새로 주조하지 않는 것이다. 차선책은 동전을 주조하는 틀을 반드시 똑같이 만들어 동전의 형체를 완전하고 순수하게 만드는 것이다. 그다음 차선책은 동전의 주조에 들어갈 비용을 들여 중국의 동전을 수입하는 것인데 그러면 몇 곱절의 이익을 볼 것이다. 외조부 이공李公께서 남기신 문집文集에 「청전통용론」淸錢通用論(청나라 동전을 우리나라에서 통용하는 데 대한 논의)이 실려 있다.

## 말단의 이익未利

오늘날 사람들은 입만 열면 "근세의 백성들은 오로지 말단의 이익만

한번 가서 돌아오지 않아 감감무소식인 것을 비유한다. 여기서는 조선의 은이 청나라에 흘러 들어간 뒤에는 다시 조선으로 돌아오지 않는 실정을 비유한다.

을 숭상한다. 모두 몰아다가 전답에 묶어 두고 농사를 권장해야 옳다"라고 주장한다. 우연히 가의賈誼(한漢나라 문제 때의 학자·정치가)의 「치안책」治安策에서 한 구절을 읽고 그 틀에서 헤어나지 못하고 내뱉는 말이다. 상인은 사민四民의 하나다. 그러나 그 하나가 나머지 세 부류를 소통시키는 구실을 하므로 10에서 3의 비중을 두지 않으면 안 된다. 바닷가 백성은 물고기 잡는 것을 농사 대신으로 하고, 마찬가지로 산골짜기 백성은 나무하는 것을 농사 대신으로 한다. 이제 만약 모든 사람이 흙을 파서 산다면 백성들이 생업을 잃을 뿐만 아니라 농사도 날마다 더욱 황폐해질 것이다. 맹자께서는 "1만 가구가 사는 고을에서 한 사람만이 질그릇을 굽는다면 되겠는가?"라고 의문을 표하신 일이 있다. 이제 그 하나밖에 없는 도공마저 농사꾼으로 만들자는 말인가?

# 공업 자기, 철, 목재, 여성의 차림새, 약, 장, 담요, 활

## 자기瓷器

중국 자기는 정교하지 않은 것이 없다. 아무리 외진 마을의 쓰러져 가는 집이라도 모두 금벽金碧으로 화려하게 그림을 그려 넣은 병, 술 잔, 주전자, 주발 따위의 그릇을 가지고 있다. 그 사람들이 꼭 사치를 좋아해서 그런 것이 아니다. 토공±エ이 하는 일이 마땅히 이렇게 되어야 한다.

우리나라의 자기는 지극히 거칠다. 모래가 바닥에 붙은 상태 그대로 구워 만들어서 마른 밥알이 붙은 것처럼 두들거린다. 자기를 당기면 밥상과 탁자를 긁어서 못 쓰게 만들고, 씻으면 더러운 찌꺼기가 그대로 끼어 있다. 자기를 바닥에 놓으면 늘 기우뚱하여 잘 넘어진다. 주둥이가 비틀어지고 빛깔이 추하여 무어라 형용할 길이 없다. 나라에 법도가 없는 정도가 이 물건에 이르러 극에 도달했다.

순舜임금이 황하의 물가에서 질그릇을 구웠을 때 그릇이 거칠거나 일그러지지 않았다고 전한다(『사기』「오제본기」五帝本紀). 하은주夏殷周 삼대三代의 그릇은 오래된 것일수록 더욱 정교했다. 지금 운종가雲從街(현재의 서울 종로) 거리에서는 수천 개의 자기를 진열해 놓고 판다. 만약 삼대의 시대였다면 팔기 위해 진열대에 놓일 수 없는 물건들이다. 부숴 버려도 조금도 아깝지 않다. 부숴도 아깝지 않은 마음이 생기지만 아까운 생각이 드는 그릇도 완전한 물건은 아니다. 지금 사옹원司饔院(조선 시대에 국왕의 식사와 대궐 안의 음식 공급을 관장한 기관)에서 쓰는 그릇 가운데 대단히 정교하다는 칭송을 듣는 물건도 너무 퉁퉁하고 무겁다. 그렇지만 그렇게 만들지 않으면 반드시 상한다고 하면서 도리어 중국 그릇의 흠을 잡는다.

대체로 물건이 오래가고 손상 입지 않는 것은 사람이 물건을 어떻게 간수하느냐에 달린 것이지 그릇의 두께에 달려 있지 않다. 그릇의 견고함을 믿어 마음 놓고 사용하는 것보다는 차라리 그릇을 아끼면서 늘 조심하여 사용하는 편이 훨씬 낫다. 따라서 인가에서 혼례와 잔치가 있을 때나 국가에서 사신을 접대하고 제향祭享이 있는 날에는 비복婢僕과 하인들 손에서 부서지는 그릇이 얼마나 되는지 알 수 없다. 이것이 과연 그릇 탓이랴?

장인匠人이 처음에 물건을 거칠게 만들자 그것에 젖어든 백성들이 거칠게 일하고, 그릇이 한번 거칠게 만들어지자 백성들이 그것에 길들여져 마음이 거칠어졌다. 그런 태도가 이리저리 확산되어 습관으로 굳어졌다. 자기 하나를 제대로 만들지 못하자 나라의 온갖 일

**에도 막부 시대 일본의 자기를 굽는 장면**　1799년에 간행된『일본산해명산도회』日本山海名産圖會에 실린 시토미 간게쓰蔀關月의 삽화다. 박제가와 이희경은 일본의 도자기 제작 수준을 높게 평가했다.

들이 모두 그 그릇을 본받았다. 이렇듯 물건 하나라도 작은 것이라고 무시하여 소홀하게 다루어서는 안 된다. 마땅히 토공을 단속하여 법식에 맞지 않는 그릇은 시장에 내다 팔지 못하도록 해야 한다.

누군가가 이렇게 말했다.

"자, 여기 어떤 사람이 있어 자기 굽는 기술을 배워서 정성과 힘을 다하여 그릇을 만들었다고 합시다. 그런데 나라에서 그릇을 사주기는커녕 도리어 세금을 무겁게 매긴다면 기술 배운 것을 후회하고 버리지 않을 기술자가 거의 드물 것입니다."

일본의 풍속은 온갖 기예技藝에서 천하제일(天下一)이라는 호칭을 얻은 사람이 있으면 비록 그의 기술이 자기보다 꼭 낫지 않다는 점을 분명히 알고 있더라도 반드시 그를 찾아가서 스승으로 모신다. 그리고 그가 평하는 좋다 나쁘다는 말 한마디를 가지고 자기 기술의 경중輕重을 판단한다. 이것이 기예를 권장하고 백성들을 한 가지 기예에 집중하게 하는 방법이 아닐까?

## 철鐵

철은 모두 석탄을 사용하여 제련한다. 석탄은 화력이 세어서 단단한 쇠도 제련할 수 있다. 따라서 중국의 병기兵器와 농기구는 우리보다 곱절이나 견고하고 예리하다. 중국에서 사들여 온 철제품이 손상되기라도 하면 우리나라에서는 다시 단련하지 못한다.

## 목재材木

중국은 아무리 귀한 물건이라도 풍부하지만 우리나라는 아무리 천한 물건이라도 넉넉하지 않다. 도대체 이유가 무엇일까? 요동 들판은 천리를 가도 산이 없건만 큰 목재가 긴 성벽처럼 쌓여 있어 사람의 힘으로 장만한 것 같지 않다. 그 목재는 모두 장백산長白山(백두산)

에서 나온 것으로 뗏목으로 만들어 압록강에 띄워서 바다까지 운송
했다.

우리나라는 서울에서 100여 리만 벗어나면 소나무와 측백나무가
하늘을 가린다. 하지만 집을 짓고 관재棺材(관을 만드는 재목)에 쓸 나
무를 얻기 어려워 몹시 걱정한다. 근본적인 원인을 찾아보면, 모두
도구가 편리하지 않은 데 있다. 또 중국은 목재를 벌채하면 한 자 한
치도 치수의 차이가 나지 않는다. 그들은 이렇게 정교하다.


## 여성의 차림새女服

여자의 의복은 상의나 하의가 모두 섬세하고 산뜻하여 옛 그림에 보
이는 옷과 같다. 상의는 길이가 하체를 다 가리지만 무릎을 겨우 가
리기도 한다. 깃을 둥글고 좁게 만들어 목을 두르고 턱에 와서 깃의
단추를 잠근다. 치마폭은 앞뒤가 3대 4의 비율이고 전체가 가늘고
긴 주름을 잡았다.

쪽진 머리는 소주蘇州 양식을 최상으로 여긴다. 시골 여자의 쪽
진 머리는 높다랗게 정수리에 틀어 올렸고, 북경 사대부가士大夫家
여자의 쪽진 머리는 낮고 조금 뒤쪽으로 틀었다. 여자들이 빗질할
때에는 먼저 정수리의 가르마를 타되 네모반듯하게도 타고 둥그스
름하게도 타서 원하는 모양을 낸다. 마치 지금 아이들이 쓰는 화양

건華陽巾 모양과 같다. 그다음에 붉은 끈으로 머리 밑동을 묶고 머리채를 빗어 고르게 한다. 다음에는 머리채를 구부려서 중간을 비우는데 그 모양이 갓양과 같다. 다음에는 머리채의 끝으로 머리밑동을 감는데 머리털의 길이에 따라 조절한다. 한 번 감을 때마다 비녀 하나를 꽂는데 전후좌우에 10여 개의 비녀를 꽂기도 한다. 귀밑머리털은 비스듬히 모아서 뒤로 돌리는데 쪽찐 곳으로 합하여 감는다. 결혼하지 않은 처녀는 이마 정중간에 머리털을 세로로 갈라서 구별한다.

대체로 여자의 의복은 본을 따라 만드는데 의복 상점에서 산 것에는 만주 옷의 제도가 잘못 섞여 있을 우려가 있다. 나는 오촉吳蜀 지역 사대부로서 북경에 와서 벼슬하는 인사에게 여자 의복을 구하고자 했으나 은銀이 없어 목적을 이루지 못했다. 대신 당원항唐鴛港 원외員外의 집에서 의복제도를 자세하게 살펴보고 왔다.

봉작封爵을 받지 못한 자는 양관梁冠을 쓰거나 홍포紅袍를 떨쳐입거나 타대拖帶를 띠거나 하는 일을 엄두도 내지 못했지만 지금은 부자들이 다 그 복장을 하고 있다. 홍치弘治(명 효종의 연호로 1488~1505) 연간에 부녀자들의 웃옷이 겨우 허리를 가릴 정도였다고 한다. 부자들은 나단羅緞과 사견紗絹을 사용해 금채통수金彩通袖를 짜 입었으며, 치마는 금채슬란金彩膝襴을 입었다. 쪽진 머리는 한 치 남짓이나 되었다. 정덕正德(명 무종의 연호로 1506~1521) 연간에는 웃옷이 점차 커져서 무릎 아래까지 내려왔고, 치마는 짧아지고 주름은 가늘어졌으며, 쪽진 머리는 관모官帽만큼 높아져 모두 철사로 심을 박아 동여매었다. 그 높이는 예닐곱 치쯤이고, 그 둘레는 한 자 두세 치다.

세계는 어딘가에 결함이 있어서 늘 괴로운 것이다. 천하의 남자들은 변발을 하고 호복胡服을 입고 있지만 여자들의 복장은 여전히 옛 제도가 남아 있다. 우리나라 남자들은 옛 의관衣冠 제도를 따르고 있지만 여자들의 복장은 모두 몽골의 의복제도를 그대로 따르고 있다. 오늘날 사대부들은 호복을 입는 중국이 수치스럽다는 것만 알고 몽골 복장이 제 집안을 지배해도 금지하지 못하는 것은 눈치채지 못한다.

내가 북경에서 몽골의 여인과 원나라 때의 인물을 그린 화첩을 보았는데 그 모양이 우리나라와 완전히 같았다. 고려 왕실에서 원나라 공주를 왕비로 데려온 일이 많았다. 민간에 고려 왕실의 의복제도가 유전되어 현재까지 그대로 유지되고 있다. 또 남자의 머리털을 모아서 다리를 만들어 머리에 얹어 놓고도 태연자약하게 아무 이상할 것이 없어 한다. 저고리는 날마다 짧아지고 치마는 날마다 길어진다. 그 모양을 하고 제사상 앞이나 손님 사이를 오가고 있으니 어찌 한심한 일이 아닌가? 옛 예법에 뜻을 둔 인사가 빨리 바꾸어 중국의 제도를 따르게 하는 것이 옳다. 한 친구가 "오늘날 가정 내에서 힘깨나 쓰는 대장부가 전혀 없어서 이 일은 아무래도 이루기 어렵지"라고 장난삼아 말한 적이 있다.

동자들이 머리를 땋아서 쌍머리 꼭지를 하는 것을 마땅히 금해야 한다. 남녀를 불문하고 머리를 땋는 것은 모두 오랑캐의 풍속이다.

**이재성의 「체계의」**  박규수의 복식 관련 저술 『거가잡복고』 권2에
이재성의 「체계의」가 전재되어 있다. 일본 오사카 시립 나카노시마 도서관 소장 사본.

따라서 만주 여자들의 머리는 땋아서 감아 올렸다.—이중존李仲存[1]
이 지은 글에 「다리를 땋는 것에 대한 논의」(髢結議)[2]가 있는데 상당
히 채택할 만하다.

---

1  이중존은 박지원의 처남 이재성(李在誠, 1751~1809)으로, 자(字)가 중존(仲存)이다.
2  이재성은 다래를 금지해야 하는 이유를 몇 가지로 들고 있다. 첫째, 다른 인간의 머리털을 잘라 자기 머리를 장식하는 것 자체가 비윤리적이다. 둘째, 다리가 매우 고가라서 그에 드는 비용이 과다하게 지출된다. 셋째, 다리의 머리털이 불결하고 사악한 인간이나 남자의 머리털일 수도 있어 여성의 머리에 올려놓을 수 없다. 넷째, 옛 제도에 근거가 없으므로 자신의 머리털로 꾸미는 것이 옳다.

# 약藥

우리나라는 의술醫術을 가장 믿을 수 없다. 북경에서 사 오는 약재는
진품이 아닐까봐 몹시 걱정이다. 믿지 못할 의사가 진품이 아닌 약
재로 처방하므로 병이 낫지 않는 것은 당연하다.

풀과 나무, 곤충과 물고기를 폭넓게 공부하여 그 실물과 명칭을
잘 파악하는 사람이 과연 있기나 한가? 약재를 채취하는 시기와 그
약재를 거두어 보관하는 방법이 하나라도 잘못되면 병에 이롭기는
커녕 도리어 해를 끼친다. 이런 실정을 놓고 볼 때, 나라 안에서 유
통되는 약재는 모조리 자신을 속이는 것이다.

더구나 다른 나라에서 수입한 약재를 장사꾼과 모리배의 손아귀
에 맡겨 두고 있으니 지금 녹용이라고 알고 쓰는 약재가 실제로는
모조리 원숭이 꼬리인지 누가 알겠는가? 일본은 외국의 약재를 수
입할 때 약재를 잘 분간하는 뛰어난 의사를 엄선한다.

중국에 서양 사람이 쓴 의서醫書를 번역한 책이 있다는 소문을 듣
고서 나는 그 책을 구하려고 백방으로 애를 썼으나 얻지 못했다. 유
럽 사람은 인간을 네 등급으로 구분하고 상급에 속하는 사람이라야
의학과 도학道學(서양의 신학神學을 가리킨다.)을 배운다. 따라서 의학에
정통하지 않을 수 없어 병자의 생사까지도 알아차린다. 약재를 주로
기름에 달여서 그 고갱이만을 취해 쓰고 찌꺼기는 버린다고 하는데
이것이 서양의 법이다.

# 장醬

우리나라 사람은 곧잘 우리 음식을 남에게 자랑하여 중국 음식보다 낫다고 말하기만 할 뿐 근본이 어떠한지 살펴볼 줄을 전혀 모른다. 더러워서 입에 댈 수조차 없는 음식이 바로 장이다.

현재 강가 마을이나 산중의 절에서 메주를 만든다. 먼저 원근 지역에서 나오는 콩을 한데 모아서 찌는데, 콩이 너무 많아 좋은 것만 가려 쓸 수가 없다고 핑계를 댄다. 콩을 주는 사람이 품질을 가리지 않을 뿐만 아니라, 받는 사람도 콩을 씻지 않는다. 좀이 슬기도 하고 모래가 섞여 있지만 태연자약하여 전혀 이상하게 생각하지 않는다.

앞으로 먹어야 할 장을 만들면서 메주를 더럽게 만드는 것은 우물물을 마시려고 하면서 우물에 똥을 던지는 것과 같다. 또 콩을 다 삶고 나면 부서진 배 안에 콩을 가득 채우고 옷을 벗고 맨발로 일제히 콩을 밟아댄다. 온몸에서 흘러내리는 땀이 모두 발밑으로 떨어진다. 수많은 남정네의 침과 콧물이 몽땅 배 안에 떨어진다.

요사이 장에서 종종 손톱 발톱이나 몸의 털을 발견하게 된다. 그래서 체를 사용하여 모래나 지푸라기 같은 잡물을 걸어낸 다음에야 먹는다. 세상이 이 풍습에 갈수록 물들어 가는데 그 폐단이 이렇다. 그 실상을 생각하면 더러워 구역질이 난다. 반드시 메주의 제조를 감독하는 담당 관청을 설치하여 도구를 편리하게 이용하는 방법을 교육해야 한다. 1만 섬이나 되는 많은 콩을 정제하는 것도 그다지 어렵지 않다. 더구나 솥 하나에 들어가는 그리 많지 않은 콩이야 말할 나위가 있겠는가?

지금 강계江界 사람들은 메주를 만들 때 반드시 콩을 물에 씻어서 사용한다. 콩을 삶고 나서 몽둥이로 쳐서 다지고 메주를 반드시 네모반듯하게 자른다. 이렇게만 하면 좋다. 중국의 된장 메주에는 대모瑇瑁처럼 생긴 것이 있는데 그것을 잘라 물에 넣으면 맑은 장이 되기 때문에 먼 길을 가는 사람들이 이를 소지하고 간다고 한다.

## 담요氈

담요는 온 천하 사람이 일상생활에 사용하는 도구로, 추위와 습기를 막고 벼룩을 막는다. 지금 우리나라에 담요가 없는 것은 아니나 비용을 대어 잘 만들려고 하지 않는다. 도대체 이유가 무엇일까? 현재 사용하고 있는 이불과 벙거지 만드는 법을 결합하면 담요를 제대로 만들 수 있을 것이다. 벙거지는 단단하고 가늘게 만들지마는 이불은 성글고 느슨하며 고르지 않아 제작법이 전혀 갖추어지지 않았다.

나는 한 손님이 하는 이야기를 들은 적이 있다.

"요사이 이불이 너무 엉성하여 먼지 덩어리일세. 어떤 것은 악취가 심해서 가까이 갈 수가 없을 지경이지. 신부를 맞은 신랑이 새 이불을 깔았더니 악취가 너무 심해서 그 냄새가 신부에게서 난다고 생각하고 평생토록 그 부인을 증오한 일이 있다고 하더군. 공인工人이 물건을 잘못 만들어 부부 금슬을 깨트리게까지 하다니……"

그 이야기를 듣고 좌중이 다 밥알이 튀어나오도록 웃었다.


## 활弓

중국의 활은 너무 투박하고 커서 우스꽝스럽다. 사정거리도 60, 70보步밖에 되지 않는다. 하지만 활은 모두 나무로 만들어져서 건조하거나 습하거나 변형되지 않는다. 우리나라 사람은 활을 잘 쏘아서 200보까지 맞추지만 조금이라도 활을 불에 잘 굽지 못하면 문제가 발생한다. 더구나 비가 올 때에는 전혀 사용할 수가 없다. 적군이 갠 날을 가려서 쳐들어올 리는 없지 않은가?

어떤 사람이 이런 말을 했다.

"활을 멀리 쏘는 것이 능사가 아니고 가까운 목표라도 반드시 적중시키는 것이 천하의 신궁神弓이다. 이광李廣은 수십 보 안에 있는 목표를 쏠 때에도 적중시키지 못할 것 같으면 화살을 쏘지 않았다고 하니 이것이 그 증거다.[3] 활을 멀리 쏘는 자는 접전을 하기도 전에

---

3  이광은 전한(前漢)의 명장(名將)으로 활을 잘 쏘았다. 『한서』(漢書) 권54 「이광소건전」(李廣蘇建傳)에, "이광의 활 쏘는 방법은 이러했다. 적을 만나 수십 보 안에 있는 목표를 쏠 때에도 적중시키지 못할 것 같으면 화살을 쏘지 않았다. 활을 쏘면 반드시 시위 소

미리 겁을 내는 자이다. 또 중앙 부분에 구멍을 뚫은 과녁을 일정한 거리를 두고 중첩하여 설치하기도 한다. 마치 별을 관찰하는 원통이 있는 천문대의 의기儀器와 같다. 이것은 화살이 곧고 빠르게 날아가도록 하기 위한 방법이다.

이것은 참으로 이치가 닿는 말이다. 그러나 옛날에도 활을 멀리 쏘는 법이 있었다. 『북사』北史 「원위본기」元魏本紀에는 5리 밖에 빗돌을 세워 놓고 화살이 떨어진 곳을 기록했다는 기사가 보인다.

리와 함께 적이 거꾸러졌다. 이 때문에 이광의 부하 장수들이 자주 곤욕을 치렀다. 그런 탓에 맹수를 쏠 때에도 자주 맹수에게 부상을 당했다고 한다"는 기록이 있다.

# 농업 밭, 똥거름, 뽕과 과일, 고구마 심기, 둔전에 드는 비용, 하천의 준설

## 밭 田

밭에는 소의 가랑이 사이 간격에 곡식의 씨를 한 줄로 심는다. 그 곡식이 자라서 흙을 북돋아 줄 때가 되면 다시 소에 쟁기를 메우고 날을 끼운다. 쟁기의 양끝 너비가 소 가랑이의 너비와 똑같다. 전에 갈아엎은 길을 따라 소를 끌고 갈아 나가면 새 흙이 올라오고 곡식은 소의 배 아래에서 우수수 소리를 내며 매끄럽게 일어선다. 중국의 세 이랑 간격은 우리나라의 두 이랑 간격과 같다. 이것은 우리가 아무 이유 없이 밭 3분의 1을 잃는 셈이다.

홑쟁기는 사람이 밭을 가는 도구인데 소의 절반을 갈 수 있다. 밭과 소, 사람과 연장은 치수가 서로 잘 맞는다. 파종하는 법도 대단히 균일하여 씨앗이 겹치지도 않고 줄이 비뚤지도 않다. 씨를 뿌리는 간격이 길면 모두가 길고, 짧으면 모두가 짧아서 들쭉날쭉한 법이 절대로 없다.

우리나라는 콩을 심거나 보리를 심거나 농부 마음 내키는 대로 씨를 뿌리는 탓에 곡물이 자연스럽게 한데 뭉쳐서 바람을 고르게 받지 못하고 햇볕도 제각기 다르게 받는다. 그래서 키가 크게 자란 포기는 낟알이 맺혀 거의 여물었는데도 키가 작은 포기는 꽃을 피우며 계속 자란다. 이것은 모두 곡식들끼리 상해를 입혀서 열매를 맺지 못하게 한 결과다.

따라서 낟알을 파종하는 방법은 한 알 한 알이 병들지 않도록 하는 데 달려 있을 뿐 씨를 많이 뿌리는 데 달려 있지 않다. 보리 한 이삭에서 낟알 100개를 얻는다면 종자 한 말에서는 보리 열 섬을 수확해야 한다. 그렇게 수확하지 못하는 것은 씨앗을 고르게 뿌리지 않은 잘못이다.

이것을 통해 볼 때 우리나라는 밭을 갈 때 밭의 면적 일부를 잃고, 또 파종할 때 곡식을 낭비하며, 수확할 때도 소출이 줄어든다. 이렇게 하고서야 곡식이 귀하지 않을 도리가 어디 있으며, 백성이 가난하지 않을 이치가 어디 있으랴?

지금 우리나라에서 이른바 며칠갈이나 몇섬지기라는 말은 실제로는 그 절반에 불과하다. 해마다 땅속에 곡식 수만 섬을 버리는 것이다. 모름지기 중국의 농사법을 본받아야 하루갈이 밭에서도 50섬 내지 60섬을 거둘 수 있을 것이다.

이희경이 이렇게 말했다.

"내가 홍천洪川에서 직접 농사를 지었을 때 구전법區田法[1]을 써서 보리를 심었다. 땅을 사발 크기만큼 파고서 거름을 넣고 그 위에 흙을 덮은 다음 파종했다. 한 구덩이에 대략 10여 개의 낟알을 심었는데 옛날에는 종자 한 말이 들어가던 땅에 두 되 다섯 홉이 들었다. 거름은 적게 들어도 효과는 훨씬 나았으며, 종자는 적게 써도 수확은 곱절이 나았으니 이보다 이로운 것이 없었다."

## 똥거름糞

중국에서는 똥거름을 황금인양 아낀다. 길에는 버려진 재가 없다. 말이 지나가면 삼태기를 들고 꽁무니를 따라가 말똥을 거둬들인다. 길가에 사는 사람들은 날마다 광주리를 들고 가래를 끌고 다니면서 모래 틈에서 말똥을 가려 줍는다. 똥더미는 정방형正方形으로 반듯하게 세모꼴로 쌓거나 여섯모꼴로 쌓는다. 똥더미 밑의 둘레에는 고랑을 파서 똥에서 새어 나온 물이 어지럽게 흐르지 않는다. 똥을 거름으로 사용할 때에는 누구나 차진 진흙처럼 물에 타 바가지로 퍼서 거름한다. 거름을 골고루 뿌리기 위해서다.

　우리나라는 마른 똥을 거름으로 사용하므로 힘이 분산되어 효과

---

1　구전은 전지(田地)를 일정한 간격으로 구획하여 일정한 거리를 두고 곡식을 심는 농사법이다. 재배 조건이 좋지 못한 산간의 경사지나 높고 가파른 농지에서 농작물을 재배할 때 사용하는 방법이다.

가 온전하지 못하다. 성안의 똥을 완전하게 거둬들이지 않기 때문에 악취와 더러운 것이 길에 가득하다. 하천의 다리와 석축石築에는 사람 똥덩어리가 군데군데 쌓여 있어 장맛비가 크게 내리지 않으면 씻겨 내려가지 않는다. 개똥이나 말똥이 사람들의 발에 늘 밟힌다. 논밭을 제대로 경작하지 않는 실상을 이런 현실로 미루어 짐작할 수 있다.

똥을 남겨 두는 것은 말할 나위 없고, 재마저도 모조리 길거리에 버린다. 그래서 바람이 조금이라도 불면 눈을 아예 뜨지 못한다. 이리저리 구르다가 바람에 날리는 재는 집집마다 술과 음식의 불결을 초래한다. 사람들은 음식이 불결하다고 탓하기나 할 뿐 불결의 원인이 실제로는 버려진 재에 있는 줄을 모른다.

시골에서는 주민이 적어서 재를 구하고자 해도 많이 얻지 못한다. 지금 한양 성안에서 한 해에 나오는 재가 몇 만 섬이 될지 모를 만큼 많다. 그런 재를 엉뚱하게 내버리고 이용하지 않는다. 이것은 수만 섬의 곡식을 버리는 짓과 똑같다.

또 법률에 '더러운 분뇨를 흘려보내는 도랑을 길옆에 내는 자는 장형杖刑에 처하되 하숫물을 흘려보내는 도랑은 금하지 않는다'는 조문이 있다. 진秦나라 법에 '재를 버리는 자는 사형에 처한다'라는 조문이 있는데 이 법은 상군商君(상앙商鞅)이 만든 가혹한 법이기는 하지만 그 의도는 농업에 힘쓰라는 취지에서 나왔다. 오늘날에는 담당 관리가 재를 버리는 행위를 금하지 않을 수 없다. 이를 시행하면 농사에는 유익하고 나라는 청결하게 만들 것이므로 일거양득이다.


## 뽕과 과일桑 菓

뽕나무는 어린 것은 잎이 더디게 나서 기다리기 어렵고, 늙은 것은 나무가 병들어 잎이 작고 오디가 많다. 차라리 채소나 곡식을 심는 방법대로 밭에 뽕나무를 심는 것이 낫다. 뽕나무를 심는 방법은 이렇다. 첫해에는 나무를 불사르고, 다음 해에는 나무를 베어 넘긴다. 그러면 뽕나무가 무리를 지어 자라나고 잎이 무성한데 가지를 베어 누에를 먹인다. 난하灤河[2]의 서쪽 지역에는 모래밭이 많은데 일망무제一望無際로 보이는 것 모두가 새로 심은 뽕나무였다. 나무의 크기가 말안장 높이와 나란하고 가지와 잎사귀가 반들반들하여 일반 뽕나무와는 달랐다. 그 내용이 모두 『농정전서』農政全書[3]에 보인다.

북경은 과일을 저장하는 법이 대단히 훌륭하다. 지난해 여름 과일이 올해 새로 나온 햇과일과 함께 섞여 판매되고 있다. 산사열매

2  난하는 강 이름이다. 내몽골 고원현(沽源縣) 마니도령(馬尼圖嶺)에서 발원하여 만주 열하(熱河) 경계를 지나 발해로 흘러들어 가는데, 조선 시대에 사신이 중국 사행길에 거쳐 지나는 강이다.
3  『농정전서』는 명대(明代)의 학자 서광계(徐光啓, 1562~1633)가 편찬한 농서(農書)로, 기존의 농업에 관한 문헌을 체계적으로 이용하고 새로운 농법(農法)을 받아들여 당시로서는 최신의 농사법을 제시한 문헌이다.

나 배, 포도 같은 과일은 그 빛깔이 막 나무에서 따 온 것처럼 신선하다. 이 방법 하나만 얻어도 한 철 이익을 차지하기에 충분하다. 『물리소지』物理小識[4]를 검토했더니 배를 무와 함께 저장하면 상하지 않는다고 했고, 또 무에 배꼭지를 꽂는 법을 소개했다. 또 다른 방법을 살펴보니, 땅에 심겨져 있는 큰 대나무를 자른 다음 그 대통 속에 감을 저장하고, 진흙덩이로 대통의 주둥이를 꽉 틀어막았다가 여름을 지나 꺼낸다고 했다.

## 고구마 심기種藷

고구마는 구황救荒 식물로 제일가는 곡물이다. 둔전관屯田官을 시켜 특별히 심게 하는 것이 옳다. 또 살곶이벌이나 밤섬 등지에 많이 심는 것도 좋겠다. 또 백성들에게 자유롭게 심도록 권유하는데 심은 그해부터 잘 번식하므로 아무 걱정이 없다.

다만 고구마 종자를 그들에게 전해 줄 때 습기를 피해야 하고 어는 것을 피해야 한다. 겨울철에 가옥 내부의 동이에 흙을 담아 두고서 며칠 동안 묻었다가 뽑아서 며칠 동안 놓아두기도 하는데 절대로

---

4  명말청초(明末淸初)의 저명한 자연철학자인 방이지(方以智, 1611~1671)의 저술로서 조선에도 수용되어 이덕무와 박제가 등이 열람했고, 이규경의 학술에 지대한 영향을 미쳤다.

그렇게 내버려두어서는 안 된다. 그러면 모든 고구마가 일시에 썩게
될 것이다.


## 둔전에 드는 비용屯田之費

둔전屯田에는 10경頃을 기준으로 하여 소 20마리, 수레 10채, 인부
20명을 써야 한다. 개간하고 파종하는 일부터 절구질과 키질, 도정
에 이르기까지 크게는 수갑水閘·수차水車, 작게는 보습·고무래·호
미·써레·낫·작두·양선颺扇·방아·돌절구·연자매·녹독碌碡 따위
의 농기구를 장만해야 한다. 여기에 드는 비용이 수만 냥 이하로 내
려가지는 않을 것이다. 만약 노는 땅에 함경도 지방의 수레를 이용
하고 녹봉을 받는 군병軍兵을 동원한다면 비용을 조금 줄일 수 있을
것이다. 그러나 「우공」禹貢(『상서』尙書의 편명) 한 편에는 사업하는 데
들어가는 비용을 언급하지 않았다. 마땅히 해야 할 일이라면 온 천
하 사람이 반대해도 시행하지 않을 수 없었기 때문이다.


## 하천의 준설濬河 二則

경성京城 동쪽 10리 되는 곳에 불암산佛巖山에서 흘러 내려오는 물이

있는데 이 물이 흘러서 속교粟橋 아래를 흘러, 남쪽으로 석관石串 들녘을 지나고, 또 남쪽으로 흘러 중냉포中冷浦(현재의 중랑천)로 들어간다. 중냉포 서쪽에는 사방 몇 리의 들이 펼쳐졌는데, 그 가운데 옛날에 백성들이 경작하던 전답이 있어 그 토지 문서가 지금도 남아 있다. 수십 년 이래 여름만 되면 폭우가 지나가고, 모래가 아래로 떠밀려 와 점차 퇴적되고, 물이 옛길을 잃고 범람하여 사방으로 넘쳐흘러 황야로 변해 버렸다. 지나가는 과객이 손가락으로 가리키면서 방죽을 쌓을까 생각해 보지만 그에 드는 노력과 비용을 계산하고는 하염없이 바라만 보다 돌아가 버린다.

이제 하천을 준설하는 중국의 방법에 따라 용조龍爪(진흙을 파내는 도구) 따위의 도구를 연구·제작하여 지맥을 뚫고 물이 모여드는 입구를 통하게 한다. 단지 물이 평지 아래로 흐르도록 뚫기만 해도 제방을 쌓는 것보다 훨씬 수월하다. 다음에 옛날의 밭두둑을 복구하고 밭이랑을 새로 만든다면 전답은 예전 상태를 회복하여 한 해에 수천 섬의 벼를 수확한다. 그러면 둔전에도 일조할 수 있을 것이다.

물길이 막힌 곳 10리를 선정하여 조사해 보면, 10리 전체가 막힌 것이 아니라 군데군데 지체되고 막힌 데가 있어서 범람하는 현상이 발생한다. 물길의 높낮이와 길목을 살펴서 형세에 따라 물이 빠르게 흐르도록 유도해야 한다. 이곳에만 해당하는 것이 아니다. 한강과 금강은 곳곳을 준설해야 알맞다. 지금 사람들이 대책을 강구하지 않을 뿐이다.

하천을 뚫고 준설하는 일은 물이 조금 불어났을 때 시행하는 것이 마땅하다. 먼저 물의 높낮이를 재는 자를 가지고 물의 깊이를 재고 표지를 세워 기록한다.

# 목축 목축, 소, 말, 나귀, 안장, 구유통

## 목축畜牧

요동遼東과 요서遼西 2천 리 사이에는 가축이 우는 소리가 번갈아 들리고, 방목하는 가축이 떼를 지어 다닌다. 도보로 다니는 사람들이 거의 없어 거지들조차도 나귀를 끌고 다닌다. 조금 부유한 집에서는 기르는 가금과 가축의 수가 각기 10여 종 수백 마리다. 말·노새·나귀·소가 각각 10여 필이고, 돼지·양이 각각 수십 필이며, 개가 몇 마리 있고, 간혹 낙타도 한두 마리 키우며, 닭·거위·오리가 각각 수십 마리다. 또 집비둘기, 화미조畵眉鳥, 밀화부리, 솔잣새 따위의 새를 멋진 새장과 화려한 둥지에 두고 길러서 애완하는 취미를 즐긴다

관마산官馬山이란 데가 있는데 관아에서 말을 키우는 농장이다. 말이 거의 산을 뒤덮다시피 했다. 그 밖에도 수천 마리 가축 떼를 모두 들에 방목한다. 눈이 오는 날씨라도 제 마음대로 다니며 물 마시고 풀을 뜯어 먹도록 내버려 둔다. 그 말들을 모두 마구간에 가두고

곡식을 주려 한다면 제아무리 재산 많은 천자라도 배겨 내지 못할 것이다.

때때로 일을 시키는 가축도 있는데 일의 경중에 따라 먹이를 곱절로 늘인다. 하루에 먹는 먹이의 양이 가끔 두 말에 이르기도 한다. 모두 보리, 수수, 밀, 콩 따위를 소금으로 간을 맞춰 볶는데 쌀겨나 쭉정이, 지게미와 같이 사람이 먹지 않는 것을 가축의 먹이로 주지 않는다. 가축의 먹이도 대부분 사람이 먹는 곡식이다. "흉년이라 말이 조를 먹지 못한다"는 옛사람의 글을 가지고 판단하건대, 평상시에는 말이 조를 사료로 먹었음을 짐작할 수 있다. 어떤 사람은 중국의 말이 우리나라 말에 비하여 절반을 먹는다고 하는데 그릇된 낭설이다. 중국은 곡식이 풍부하여 말에게 곡식을 먹이는 것이 그다지 어렵지 않다는 의미일 뿐이다.

해가 질 때면 한 사람이 들로 나가 길이 잘 든 말을 좇아가 타고서 소리를 질러 한번 부르고 막대기를 잡고 휘두른다. 그러면 말과 다른 가축이 모두 그를 따라서 집으로 들어간다. 무리가 어지럽게 흩어지지도 않고 놀라서 달아나지도 않으므로 열 살 남짓 어린아이도 그 일을 충분히 할 수 있다. 양과 돼지를 모는 사람이 제각기 수백 마리를 몰고 오다가 길에서 다른 무리와 만나면 갑자기 가축이 뒤섞여 제어할 수 없을 때도 있다. 그러나 휘파람을 한번 불고 채찍을 치는 소리가 나면 동편으로 가던 가축은 동편으로, 서편으로 가던 가축은 서편으로, 가던 길을 따라서 간다.

목축이란 것은 나라의 큰 정책이다. 농사는 소의 사육에 달려 있고, 군대는 말의 훈련에 달려 있으며, 주방의 음식은 돼지, 양, 거위, 오리에 달려 있다. 지금 조선 사람은 이 목축에 대해 전혀 강구하지 않고 음식은 꼭 쇠고기를 먹고, 말은 꼭 견마잡이를 잡히며, 양을 키우는 개인이 없다. 돼지 너댓 마리를 모는 자가 귀를 뚫어 끌고 가면서도 여전히 달아날까봐 안달이니 짐승을 다루는 방법이 날이 갈수록 쇠퇴한다. 짐승을 다루는 방법이 쇠퇴하면 그로부터 국가가 마침내 부강하지 않게 된다. 그 이유는 다른 데 있지 않다. 중국을 배우지 않은 잘못에 있다.

## 소牛

소는 코를 뚫지 않는다. 그러나 중국 남방의 물소만은 성질이 사나워서 코를 뚫는다. 간혹 서북방 개시開市[1]를 통해 수입된 우리나라의 소도 보이는데 우리나라 소는 콧잔등이 낮아서 처음 보자마자 바로 분간할 수 있다.

소의 뿔이 못생기고 울퉁불퉁하나 바로잡으면 훤칠하게 만들 수

---

1　개시는 조선 조정에서 다른 나라와의 통상을 허가한 시장을 말한다. 중강(中江)에서 요동과 무역한 것을 비롯하여 중강후시(中江後市), 책문후시(柵門後市), 회령개시(會寧開市) 등이 있다.

있다. 털빛이 온통 검은 빛깔을 한 소도 있다고 하나 본 적은 없다. 소는 항상 목욕을 시키고 솔질을 하기 때문에 죽을 때까지 한 번도 씻기지 않아서 똥과 오물이 말라붙어 갈라진 우리나라 소와는 다르다. 당시唐詩에 "기름으로 파랗게 칠한 수레는 날렵하고 금빛 송아지는 살져 있도다!"(油碧車輕金犢肥)라고 묘사한 대목이 있는데 소의 털빛이 윤기가 흐름을 의미한다.

이곳에서는 소의 도살을 금지하고 있다. 황성皇城 안에는 돼지고기간이 72개소가 있고, 양고기간이 70개소가 있다. 고깃간 1개소마다 날마다 돼지 300마리씩을 파는데 양도 똑같다. 고기를 이렇게 많이 먹는데도 쇠고깃간은 오로지 2개소만이 있다. 내가 길에서 고깃간을 운영하는 사람을 만나서 자세하게 물어보았다.

통계를 내 보면, 우리나라에서는 날마다 소 500마리를 도살하고 있다. 나라 제사나 호궤犒饋(군사들에게 음식을 베풀어 위로함)에 쓰려고 도살하고, 성균관 동네와 한양 오부五部 안에 24개 고깃간이 있고, 360개 고을의 관아에서는 빠짐없이 소를 파는 고깃간을 열고 있다. 작은 고을은 날마다 도살하지 않지만 큰 고을에서 두어 마리씩 도살하므로 전체적으로 날마다 잡는 셈이 된다. 또 서울과 지방에서 벌어지는 혼사, 연회, 장례, 활쏘기할 때에 잡는 것과 법을 어기고 사사로이 도살하는 것까지 포함하여 그 수를 대충 헤아려보면 위의 500마리라는 통계가 나온다.

소는 열 달 만에 새끼를 낳고 3년을 키워야 새끼를 낳는다. 몇 년에 새끼 한 마리를 낳는 소를 날마다 500마리씩 도살해서는 안 된다는 것은 자명하다. 소가 날로 품귀를 겪는 현상이 당연하다. 그래서 소 한 마리 구비하고 있는 농부가 거의 드물어 항상 이웃 사람에게 소를 빌린다. 빌린 일수를 계산하여 품앗이를 해 주느라 농사가 제시기를 놓치기 일쑤다.

소를 일체 도살하지 않는다면 몇 년 안에 제 농사 시기를 놓쳐 농사짓는다는 탄식은 나오지 않을 것이다. 어떤 사람은 우리나라는 다른 가축이 없어서 소의 도살을 금하면 결국 고기를 먹지 못할 것이라고 걱정한다. 이는 그렇지 않다. 반드시 소의 도살을 금한 다음에야 백성들이 다른 가축을 키우기에 힘을 들일 것이고, 그러면 돼지와 양이 번식할 것이다.

여기 돼지를 산 사람이 있다고 하자. 그가 돼지 두 마리를 등에 지고 가다가 돼지끼리 서로 눌리기에 잡아서 고기를 판다고 하면 다 팔지를 못해 하룻밤을 묵이게 될 것이다. 사람들이 돼지고기를 즐기지 않아서가 아니라 쇠고기가 너무 흔해서다. "돼지고기나 양고기가 우리나라 사람의 식성에 맞지 않으므로 질병이 생길까 염려스럽다"고 말하는 이도 있다. 이 또한 그렇지 않다. 음식은 자꾸 먹어 버릇하면 습관에 의해 먹을 수가 있다. 그런 식이라면 돼지고기나 양고기를 먹는 중국 사람들은 전부 병이 들어야 하지 않는가?

율곡 선생은 평생 쇠고기를 먹지 않고 "그들의 힘을 빌려 쌀을 먹으면서 또 그 고기를 먹어서야 되겠는가?"라고 하셨다. 그 이치가 참으로 지당하다.


## 말馬


말을 끌 때 말의 왼편에 견마잡이가 선다. 그러나 말을 탈 때에는 견마잡이를 두지 않고 재갈을 고삐에 매어 스스로 말을 몬다. 말의 성질에 보조를 맞추어 빨리 달리기도 하고 천천히 걷기도 하며, 말에서 내려 걷다가 말에 올라타기를 자주 반복하여 말을 쉬게 한다. 늘 털을 빗질하고 목욕을 시키므로 청결하여 냄새가 나지 않는다.

날씨가 온화하고 풀이 파랗게 자란 봄철에는 숫놈에 방울을 달아 마음대로 돌아다니게 하여 암컷과 교미할 기회를 준다. 숫놈의 주인은 은 5전錢을 그 대가로 받는데, 암말이 훤칠하고 빼어난 노새를 낳으면 다시 은 5전을 덤으로 받는다.

말에 견마잡이가 있는 것은 올바른 법이 아니다. 말은 사람이 힘을 들이지 않으려고 타는 도구다. 지금 우리나라에서는 한 사람은 말에 타고 또 한 사람은 고생되게 걷는다. 말은 빨리 달리려고 사용하는 도구인데 이제 사람에게 끌려 다니느라 한 번에 몇 리를 내달리거나 하루에 1천 리 길을 달리지 못한다. 말이 전쟁터에 나가 적진을 내달릴 때 늘 끌려다니던 말은 아무리 위급해도 끌지 않으면 명령을 따르지 않는다. 이것은 전투에서 반드시 패하는 길이다.

**말징박기** 조영석趙榮祏, 종이에 담채, 36.7×25.1cm, 국립중앙박물관 소장

　말을 끄는 견마꾼은 제가 갈 길을 골라 가느라 말을 험지로 집어넣기에 말 위에 앉은 사람이 편치 못하다. 또 견마꾼의 손에 재갈이 잡혀 있어서 말고삐는 있으나마나 하여 말이 놀랐을 때 아무리 해도 제어하지 못한다. 또 견마꾼이 말의 목을 억지로 눌러서 제 걸음에 맞춘다. 이것은 말을 사람의 보폭에 맞추는 격이라서 말의 재능을 온전히 발휘시키는 방법이 아니다. 한술 더 떠 말에 물과 먹이를 제대로 주지 않고, 말을 제대로 달리게 하지 않는다. 말에게 입이 있다면 분명 할 말이 많을 것이다.

　또 지금 몇 길 되는 긴 가죽끈으로 열 걸음 밖에 서서 말을 느슨하게 끄는 자도 있는데 이를 좌견左牽이라고 부른다. 사환가仕宦家(대대로 벼슬하는 이가 많은 집안)들이 이 방식을 많이 채용하는데 대체 무슨 법인지 모르겠다. 모양새도 나지 않고 말을 넘어지게 할 뿐이다.

또 말을 가진 이들이 다리 힘이 빠진다고 하여 죽을 때까지 교미를 시키는 법이 없다. 나라 안 말이 수천 필이 넘는데 이렇게 되면 한 해마다 수천 마리의 말을 잃는다. 간혹 어미 말의 뒤를 따르는 새끼가 보이는데 이는 천 마리 백 마리 가운데 금하는 짓을 벌인 결과에 불과하다. 이렇게 교미를 금하는데도 병은 중국의 말보다 많이 나고, 울어대며 말을 안 듣기가 중국의 말보다 훨씬 심하다.

중국의 말은 우리의 말보다 월등하게 크지만 우리 말이 덤비고 소란을 피워도 무시하고 상관하지 않으며 입을 다물고 의젓하게 서 있다. 조회하러 궁궐에 가면 천 명의 관원이 모두들 궁궐 밖에 말을 놓아둘 뿐 묶어 두거나 지키지 않는다. 그래도 수많은 말이 조용하게 머리를 한 줄로 나란히 하고 선 채 자리를 바꾸지 않는다. 조회가 파하여 밖으로 나온 관원이 자기 말을 찾을 때도 소란을 피우며 말을 다투는 일이 없다. 이렇게 되어야만 행진할 때도 엄숙하고 출입할 때도 조용하다. 그것은 평소에 말을 잘 길렀기 때문이다.

말을 다루는 일은 무사에게 맡겨야 하고 문신은 할 필요가 없다고 말하는 이가 있는데, 이는 그렇지 않다. 활쏘기에는 문무文武의 차이가 있어도 말에는 문무의 차이가 있을 수 없다. 오늘 문신이 타는 말은 전쟁이 벌어졌을 때는 전사戰士가 탈 말이다. 따라서 말 다루는 법은 반드시 중국을 배워야 한다. 그러면 군사를 고생시키지 않고도 군사의 도구가 저절로 갖추어질 것이다.

말에게는 말죽을 먹이지 않는다. 말린 곡물에 소금을 간하여 볶아서 먹인다. 짠 먹이를 먹여서 냉수를 마시게 한다. 짠 것은 목이 말라 물을 마시도록 유도한다. 물을 마시게 하는 것은 오줌을 잘 누도록 유도하려는 것이다. 무릇 말이라는 짐승은 오줌을 잘 누면 병이 없다.


## 나귀驢

나귀는 중국에서는 천하게 여기는 가축이다. 당나라 말엽에 사대부들이 사치를 부린다고 하여 말을 타지 못하게 하자 과거 시험을 보러 가는 사람들이 모두 나귀를 탔다. 우리나라에서는 도리어 나귀를 귀하게 여긴다. 나귀가 토산품이 아니라서 그런 것만은 아니다. 나귀의 힘을 사용할 일이 극히 드물어 어쩌다 한번 타고 줄타나 할 뿐이다. 중국에서 나귀를 이용해 물을 긷고 연자방아를 돌리며, 수레를 끌고 심지어는 밭을 갈기까지 하지만, 우리는 그렇게 하지 못한다. 지금 서둘러 중국의 사례를 배우고 싶어도 그렇게 하지 못한다. 나귀를 아껴서가 아니다. 나귀와 관련된 도구가 하나도 갖추어지지 않아서다. 물통에 귀가 없어서 반드시 귀를 뚫어 물통을 고쳐야만 사용할 수 있는 식이다. 따라서 가난한 백성은 나귀를 기르지 못하고, 그래서 번식하는 종자가 갈수록 드물어진다.

연자방아를 돌리는 나귀는 가죽 조각으로 두 눈을 가린다. 빙빙 도는 것을 모르게 하기 위해서다. 빙빙 도는 것을 나귀가 알면 현기증을 일으킨다. 물고기를 기를 때 섬을 만들어 주면 물고기가 섬을 빙빙 돌면서 하루에 천 리 길을 헤엄치는 줄 착각하는 것과 같은 이치이다.

나귀 등에 쌀을 실을 때에는 길마(소의 등에 얹어 물건을 나르는 기구)를 쓰지 않고 다섯 말들이 긴 면포綿布 전대를 세 개 만든다. 그 중간 부분은 비우고 전대 양 끝에 쌀을 넣어서 나귀 등 위에 드리운다. 그러면 등에 착 달라붙어 흔들리지 않는다. 전대를 물레의 바퀴살처럼 두 개는 좌우로 비켜 놓고 하나는 가로질러 놓는다.

나귀가 물을 길 때에는 길마를 사용한다. 대개 물통은 모두 길쭉한데 두 귀를 뚫어 놓았다. 길마에 막대를 가로질러서 좌우에 있는 물통의 귀에 꽂았다. 그다음에 혼자서 집으로 갔다가 다시 우물로 오게 한다.

역참에 소속된 나귀는 10리 길을 가는데 10문文의 비용을 삯으로 준다. 따라가는 사람이 없고, 다만 도착할 역참의 아무 주막에 타고 간 나귀를 맡기면 된다. 인편이 있을 때마다 그 나귀를 부쳐 온다. 그편에 있는 나귀가 이편으로 올 때도 똑같이 한다. 나귀는 머무르게 될 역참에 도착하면 한사코 가려 하지 않는다.

# 안장鞍

안장이 대단히 가볍고 편하다. 등자鐙子(말을 탈 때 두 발로 밟는 도구)를 앞에 늘어뜨려서 말을 타고 앉으면 다리를 죽 펴고 앉은 것과 같아서 하루 종일 말을 타도 다리를 늘어뜨려서 생기는 고통이 없다.

말다래(障泥: 안장 양쪽에 달아 늘어뜨려서 옷에 흙이 튀는 것을 막는 도구)는 모두 등 전체를 덮고 그 양쪽에 구멍을 뚫어서 배를 묶은 끈 끄트머리를 그 구멍에 집어넣어 갈고리 모양의 매듭을 지었다. 말에서 내리지 않고도 그 끈을 조이거나 느슨하게 할 수 있다.

말을 쉬게 할 때에는 안장을 풀어서 베개 삼아 베고 말다래는 자리로 이용한다. 나무로 만든 뱃대는 대단히 얇아서 물건이 살에 닿지 않게만 하면 충분하다. 수레를 끌 때 쓰는 뱃대는 종이연의 얼레와 같이 가죽을 감도록 만들었다.

나라 안에서 할 일 가운데 말이 중요하고, 말에서도 안장이 시급하다. 지금 안장과 뱃대의 무게가 사람보다 무겁다. 재갈과 언치 따위의 말을 감싸는 도구가 거칠고 뻣뻣하여 편치 않으므로 말의 피부는 늘 종기가 나 있다.

『송사』宋史에는 "말의 안장이 편안하지 않아 방향을 바꾸기가 거북하니 거란의 제도를 따라 만들기를 요청합니다"라는 기사가 나온다. 반면에 우리나라는 요사이 중국의 안장을 보고서도 팽개치고 우리 식으로 바꾼다. 오직 별군직別軍職[2] 무사武士만이 내사內賜한 중국

안장을 얻어서 사용할 뿐, 다른 이들은 꺼려하며 타려 하지 않는다. 잘못된 습속이 이런 지경이다.

말에 쓰이는 안장을 비롯한 도구를 그린 삽화
『삼재도회』三才圖會「기용」器用 조

또 가죽으로 안장을 씌워 안갑鞍甲이라고 부르며 이 안갑이 없으면 말을 타지 않는다. 손을 두는 안장 봉우리는 늘 헤져 버린다. 속에 튼튼한 나무를 대기는커녕 바깥에 얇고 연한 가죽을 대어 낭비하고 있다. 이것은 무익할 뿐만 아니라 말에 해를 끼친다. 이 습속은 오래되지 않았고 처음에는 유지油紙를 대서 비를 막았을 뿐인데 나중에는 가죽을 유지 대용으로 썼고 날이 맑을 때도 사용하게 되었다고 들었다. 또 말다래를 두 폭으로 만들어 자주 잡아매면 쉽게 떨어진다. 배를 덮는 띠의 갈고리가 위로 올라와 있지 않아서 말이 배가 고파 배가 홀쭉해지면 반드시 안장에서 내려 다래를 걷고 고쳐 매 줘야 한다. 급한 상황이 발생하면 반드시 곤경에 처하게 된다.

---

2    조선 시대에 임금을 측근에서 시위하며 죄인을 적발하는 일을 맡았던 무관직이다.

또 등자가 말다래의 정중앙에 드리워져 등자를 밟지 않으면 위태
롭고 밟으면 다리에 늘 힘이 들어간다. 그래서 말을 타는 고생이 때
로는 걸어서 가는 것보다 심하다. 또 행구行具를 안장의 앞 봉우리에
많이 걸어둔다. 중국은 뒤에 걸어두는데 이것이 합당하다. 말의 안
장은 앞에 놓인 것이 많고, 나귀의 안장은 뒤에 놓인 것이 많다. 그
이유는 말의 힘은 앞다리 어깻죽지에 있고, 나귀의 힘은 넓적다리에
있기 때문이다. 노새는 힘이 허리에 있으므로 안장이 중앙에 놓이는
것이 합당하다.


## 구유통槽


말구유는 위가 넓고 아래가 좁다. 긴 널판 세 조각을 합치고 양끝을
막은 다음 비녀못(빠지지 않게 깊이 박는 긴 못)을 끼워 박아 합하거나 떼
거나 한다. 구유통의 다리는 높이가 두 발 상牀만 하다. 통나무를 파
내어 만든 우리나라 구유통과 같지 않다.

객점에서는 길가에 구유통을 늘어 놓고 볏짚을 썰어 놓아 행인들
이 말에게 먹이게끔 한다. 말이 다 먹고 나면 먹인 시간에 따라서 동
전을 던져 주고 떠난다. 북경의 우물가에는 돌로 만든 구유통을 따
로 설치하여 대통으로 물을 끌어 대어 지나가는 말이 마시게 한다.

# 문화 기타 연극. 인장. 저보. 종이. 문방구

## 연극場戲

중국의 황성皇城과 시장의 길가에서는 곳곳마다 연극을 벌인다. 연극에 사용되는 황금색 조복이나 상아홀, 가죽삿갓, 복건 따위의 복장에는 옛날의 의복제도가 고스란히 남아 있다. 이를 우리나라의 복장과 비교해 보면 옛날의 양식이 전해진 점에 상호 우열이 있을 수밖에 없다. 도포는 소매가 좁고 겨드랑이를 트지 않은 중국의 제도가 올바르다. 승려로 분장한 광대가 착용한 의복이 바로 우리의 도포인데 소매도 마찬가지였다.

방령方領에는 자줏빛으로 가선을 둘렀는데 당나라 의복제도이다. 또 항상 바지를 입고 있는데 그 양식이 우리나라와 아주 흡사하다. 다만 우리의 바지는 품이 너무 넓은데 이는 분명히 옛날의 만듦새와 어긋나게 만들어진 탓이다. 이 양식을 잘 본받아 잃지 말고 최선의 양식을 만들려고 노력해야 한다.

아아! 중화가 멸망한 지 100여 년이란 세월이 흘렀는데도 여전히 한두 가지 의관이 광대와 승려들 사이에 보전되는 것을 보면 하늘이 이 점에 큰 뜻을 두는 것이리라. 그러니 연극을 잡희雜戱라 하여 업신여길 수 있겠는가?

## 인장印

중국에서 문서에 도장을 찍을 때에는 모두 주사朱砂를 사용하기 때문에 정밀하고 아름답다. 반면 우리나라는 붉은 흙(朱土)과 물방울을 털과 섞어 쓴다. 종횡이 뒤바뀌어 무슨 글자인지 알아볼 수가 없고, 날인한 흔적은 남아 있으나 글자가 보이지 않는다. 인印이란, 사실을 입증하기 위한 신표信標다. 이제 날인은 되어 있으나 분명하지 않다면 인장을 사용하는 의미가 어디에 있는가?

또 너무 어지럽게 문서에 날인한다. 한 폭의 문서에 걸핏하면 네댓 개의 인이 찍혀 있다. 반드시 기름을 섞은 주사를 사용하고 어지럽게 찍지 말아야 한다. "도장의 글자가 너무 또렷하면 간교한 백성이 위조하기가 쉬워서 그것이 염려된다"라고 말하는 자가 있다. 그의 말은 말(斗)이나 저울 같은 도량형을 깨부수면 백성들이 다투지 않을 것이라는 말과 무엇이 다른가?

또 도장이 너무 크다. 도장을 담은 함이 주춧돌 크기만 하여 각

**한나라 시대 인장인 관내후와 군곡후**　명나라 조환광趙宦光의 인보印譜로, 1745년에 간행된
『조범부선생인보』趙凡夫先生印譜에 수록된 인장.

고을 관아에는 도장을 싣기 위해 따로 말 한 필을 마련해야 한다. 이
처럼 우둔하다. 그러니 나라 안의 도장을 전부 모아서 모두 다시 주
조해야 한다. 진한秦漢 때의 사방 한 치 크기 도장 양식을 본받아 만
드는 것이 마땅하다. 관내후關內侯, 군곡후軍曲侯, 위청衛青, 한신韓信
의 인장은 모두 지극히 작은데 인보印譜에 실려 전한다. 인장의 손잡
이는 사자나 이무기, 거북, 기와 따위의 여러 가지 형상을 관품官品
에 따라 정해 새기고 인끈을 달아 차고 다니면 몹시 우아하다. 도장
을 주조하는 법도 지극히 간단하여 분명 재물을 낭비하는 데까지 이
르지 않을 것이다.

# 저보塘報

중국의 저보邸報는 모두 목판으로 인쇄한다. 우리나라도 예전에는 저보를 인출印出했다가 후에 중지했다고 나는 들었다. 그 사실이 『경연일기』經筵日記(율곡 이이의 저술)에 실려 있다.

저보를 인출하는 이익은 몇 가지가 있다. 우선 사초史草를 살펴보는 데 편리하다. 또 각 관아에 소속된 서리書吏 수십 명의 수고를 던다. 또 서너 곱절이나 되는 종이를 낭비하지 않아도 된다. 지금 쓰는 종이의 낭비를 막는 데 그치지 않고 앞으로 실록을 편찬할 때 초고를 베껴 옮기는 종이를 낭비하지 않는다.

만약 저보를 인출한다면 이외에도 대단히 편리한 점이 있다. 나무활자를 만들어 저보에서 관용구로 늘 쓰는 글자, 예를 들어 감찰監察, 다시茶時, 패초牌招, 찰임察任, 문안問安, 답왈答曰, 지도知道 따위의 글자를 비롯하여 3자나 4자, 나아가 5, 6자까지 연결하여 새긴다. 아울러 소장疏章, 인사 명단, 관원의 성명도 새겨 둔다면 몇 사람에게 인쇄를 맡겨도 충분할 것이다.

표암豹菴 강세황姜世晃[1]은 이렇게 말했다.

"관상감觀象監에서 역서曆書를 간행할 때 이 방법으로 글자를 주

---

1 강세황(1712~1791)은 영·정조 때의 저명한 서화가이자 문신으로 자는 광지(光之), 호는 표암이다. 저서로 『표암유고』(豹菴遺稿)가 전한다. 박제가는 그를 존경하여 「회인시」(懷人詩)에서 그를 읊었다.

조하여 인쇄하면 좋을 것이다. 불의출행不宜出行(외출하는 것이 마땅치 않다), 목욕沐浴, 안장安葬 등의 글자를 모두 연달아 새기면 비용을 줄인다."

## 종이紙

종이는 먹을 잘 흡수하여 글씨를 쓰거나 그림을 그리는 데 알맞은 것이 가장 좋다. 잘 찢어지지 않는다고 해서 훌륭한 종이인 것은 아니다. 우리 종이가 천하에서 으뜸이라고 우쭐대는 사람도 있는데 아무래도 글씨를 쓸 줄 모르는 자일 것이다. 서문장徐文長(중국 명대의 서화가이자 문인인 서위徐渭. 문장은 자字)은 이런 말을 했다.

"고려지高麗紙는 그림을 그리기에 알맞지 않다. 전후지錢厚紙[2] 정도가 좋은데 그것도 해서체楷書體의 잔글씨를 쓰기에나 적당할 뿐이다."

중국 식자의 견해가 벌써 이렇다. 그가 말한 전후지란 지금의 자문지咨文紙(중국과의 외교문서인 자문咨文에 사용한 종이)를 가리킨다.

또 종잇장(紙簾)이 치수가 일정하지 않다. 서책을 자를 때 종잇장

---

2    전후지는 조선 특산 종이의 하나로 동전 두께만큼 두꺼운 종이를 가리킨다. 천장이나 구들장에 바르던 두꺼운 종이로 유둔(油芚)이라고도 했다.

을 반으로 자르면 너무 커서 그 나머지 종이는 모두 잘라 버릴 수밖에 없다. 이를 3등분하면 너무 짧아서 여백이 없어진다. 또 전국 팔도의 종이가 그 길이가 일정하지 않다. 이런 탓에 버리는 종이가 얼마나 되겠는가?

종이가 전부 서책 만드는 데 들어가는 것만은 아니다. 그래도 서책을 가지고 길이의 표준을 삼으려고 하는 이유는, 서책을 만드는 데 적합한 종이는 다른 용도로도 잘 사용할 수 있지만 이 기준에 합당하지 않은 종이는 버리는 것이 너무나 많기 때문이다. 중국의 종이는 치수가 모두 균일한데 이 점을 고려한 것이다.

사실 종이만 그러한 것이 아니다. 그렇지 않은 물건이 없다. 우리나라의 포목은 만 개면 만 개가 다 너비가 다르다. 그 이유는 피륙바디(筬)의 규격이 일정치 않기 때문이다. 종잇장도 나라 안에 일정한 규격을 반포하는 것이 옳다.


## 문방구 文房之具

우리나라 붓은 겉털과 속털이 나란하기 때문에 한번 닳으면 완전히 몽당붓이 되고 만다. 중국 붓은 속털이 속으로 들어갈수록 짧아지고 겉털은 나올수록 길어지므로 오래 쓰면 쓸수록 끝이 더 뾰족해진다.

우리나라 먹은 해를 넘기면 벌써 광택이 사라지고, 다시 한 해가 지나면 아예 갈 수조차 없다. 아교가 벌써 단단하게 굳었기 때문이다. 중국 먹은 오래 쓰면 쓸수록 더 보물이 된다. 소동파蘇東坡가 "사람이 먹을 가는 게 아니라 먹이 사람을 간다"라고 말한 것이 이를 가리킨다.

우리나라 서책은 거문고의 가는 줄 같은 색깔이 있는 새끼줄로 매는데도 늘 끊어진다. 너무 팽팽하게 당겨 매기 때문이다. 중국은 두 가닥 실로 매는데도 충분하다. 따라서 나는 늘 소장하고 있는 중국 책이 심하게 손상되지 않았다면 장정을 고치지 않는다. 비용만 들고 도리어 서책에 손상을 입히기 때문이다.

# 4장

# 『북학의』의 평가

# 『북학의』에 대한 지식인들의 평가

『북학의』는 급진적 개혁을 주장한 저술이다. 당시에는 금기에 속하는 주장을 과감하게 직선적으로 펼쳤다. 모든 사람이 여진족의 청나라를 증오할 때 이 책에서는 "청나라를 배우자!"라고 선언했다. 조선의 최상층부를 장악하여 상업을 천시하는 유생에 대해 "유생을 도태시키고 상업에 종사시켜라!"라고 강변했다. 모두들 소비를 줄이고 검소해야 한다고 주장하며, 상업을 억압하고 농업을 진흥시켜야 한다고 보았을 때 그만은 "상업을 진흥시키고 소비를 진작시키자!"라고 주장했다. 하나같이 그 시대의 주류 이념에 반기를 든, 위험하고도 혁명적인 주장이었다. 정조가 그를 몹시 아끼긴 했으나 그의 제안을 선뜻 받아들이기 힘든 이유는 사회 체제와 구조를 근본적으로 바꾸는 문제와 결부되어 있기 때문이었다.

그의 사상은 급진적이고, 또 정책으로 추진할 지위가 없었으며, 서족庶族이란 신분적 한계가 있었다. 그런 이유로 동시대와 후대에 영향을 크게 끼치지 못했고, 그의 정책안은 좌절되었다고 보는 견해가 지배적이었다. 그러나 실제로는 그렇지 않다. 『북학의』의 사상은

18세기 후반 사회사상 가운데 가장 빛나는 성과로서 동시대와 후대 사상가에게 큰 영향을 끼쳤다. 누구보다 먼저 『북학의』에 서문을 써 준 박지원과 서명응이 그 의의를 인정했다.

박지원은 박제가가 제대로 학문을 하고 있다고 보았다. 고루한 학문 세계에 빠져 공리공담空理空談만 늘어놓는 일반 학자들을 "학문할 줄 모른다"고 비판하고 그들과는 달리 박제가는 이용과 후생에 필요한 도구를 연구하는 올바른 방향으로 가고 있다고 인정했다. 그러면서 자신의 "『열하일기』熱河日記에 기록한 내용과 조금도 어긋나는 것이 없어 마치 한 사람의 손에서 나온 듯하다"고 말했다. 이용후생의 학문 방향이 같음을 인정했다. 그러나 실은 『열하일기』가 『북학의』에서 이미 밝힌 것을 다시 설명한 것이 적지 않고, 어떤 것은 글자 하나 틀리지 않게 거의 그대로 가져온 것도 있다.

서명응徐命膺(1716~1787) 역시 『북학의』를 대단히 높이 평가했다. 서명응은 영조 정조 연간의 정치가이자 학자로서 천문학과 농학, 역학 등 과학과 실용의 학문에 깊은 조예가 있었다. 그와 아들 서호수徐浩修, 손자 서유구徐有榘는 기술과 제도를 서술한 『주례』周禮 「고공기」考工記를 학문과 문장의 모델로 간주하여 깊이 연구했다.

서명응은 박제가의 저술이 바로 조선의 『주례』 「고공기」라고 인정했다. 자신이 추구한 학문의 구체적 모델을 박제가의 저술에서 찾아낸 것이다.

박지원과 서명응이 쓴 두 편의 서문은 박제가가 저술을 보여 주고 서문을 부탁하여 받은 것이다. 『북학의』를 보는 시각이 조금 차이가 나기는 하지만 박제가가 그 시대 주류 학자들의 학문과는 완전히 다르게 기술과 제도 분야를 전공했고, 그런 점에서 새로운 학문의 길을 개척했다는 점을 똑같이 높이 평가했다.

박제가의 저술은 이후 정약용을 비롯하여 서유구, 이규경, 이강회 등 많은 학자에 직접적인 영향을 끼쳤다. 정약용의 제자인 이강회李綱會(1789~?)는 특별히 박제가의 경세학을 높이 평가했다. 전라도 강진의 학자인 이강회는 이용후생의 실천, 국방의 중시, 주요 산업 생산 물자의 자국 생산과 기술의 독립, 문호의 개방과 물자 유통을 강조했다. 1818년 11월에 쓴 「운곡선설」雲谷船說 발문에서 이강회는 다음과 같이 말하고 있다.

지난날 선왕조先王朝 때 연암燕巖 박공朴公이 지은 『열하일기』

와 초정楚亭 박공朴公이 지은『북학의』는 무릇 성의 축조, 벽돌 제조, 맷돌, 윤기輪機 등의 제도에 관해서 논한 바가 상당히 자세하여 실용實用의 문장이라 할 만하다. 저 두 분의 현자는 외이外夷에 태어나 상국을 흠모했다. 논하여 저술한 저서는 나라를 걱정하고 세상을 개탄하는 말 아닌 것이 없다. 두 분은 도를 논한 분들이라 말해도 좋다.

경제에 관한 학문의 모델로 박지원과 박제가를 분명하게 제시했으며, 그들로부터 받은 영향이 적지 않음을 실토했다. 문호의 개방, 유통의 중요성을 역설한「제차설」諸車說에서 일본의 문물이 문호 개방 덕분이라면서 "박초정朴楚亭의 『북학의』는 헐뜯을 수 없다"라고 언급한 대목에서 엿볼 수 있듯이 박제가의 영향을 특히 많이 받았다. 이렇게『북학의』의 사상은 동시대와 후대의 사상가에게 높은 평가를 받았다.

# 북학의 서문

北學議序

서명응

        성곽과 주택, 수레와 기물은 어느 것 하나 그에 합당한 규격과 제작법이 없을 수 없다. 규격과 제작법을 제대로 갖추면 견고하고 완전하여 오래 사용할 수 있지만, 그렇지 않으면 아침에 만든 것이 저녁이면 벌써 못 쓰게 되어 백성과 국가에 끼치는 폐해가 적지 않다.

    이제 『주례』周禮[1]를 살펴보면, 도로의 너비에도 일정한 한도가 있고, 가옥의 깊이에도 일정한 치수가 있다. 또 수레의 바퀴통을 바퀴살의 세 배 크기로 만들면 진흙이 바퀴살에 달라붙지 않는다고 설명

---

1    책 이름으로 본래 이름은 『주관』(周官)이다. 전통적으로 주공(周公)이 지은 책으로 간주했다. 주나라의 정치와 각종 제도를 서술한 책이다. 그 가운데 「고공기」(考工記) 부분은 갖가지 기술 제도를 상세하게 설명했다. 중국 고대의 이상적인 제도와 기술을 설명한, 가장 중요한 문헌의 하나로 후대에 큰 영향을 끼쳤다.

해 놓았고, 지붕을 이을 때 경사를 가파르게 만들면 낙숫물이 쉽게 빠진다고 설명해 놓았다. 심지어는 금과 주석의 배합 비율이나 가죽의 팽팽하고 느슨한 정도에서부터 실을 물에 담가 두는 법과 옻칠하는 법에 이르기까지 빠짐없이 상세하게 기술해 놓았다.

이 사실을 통하여 성인은 넓으면서도 정밀한 식견을 가져 삼라만상의 규격과 제작법을 포함하여 온갖 구체적 사물에 대하여 극치에 이르는 지식을 소유하고 있음을 깨달았다. 성인께서 그런 것을 자질구레하다고 하여 무시하고 없앤 적이 한 번이라도 있었던가?

그러나 한대漢代로부터 삼라만상의 규격과 제작법을 깊이 알지 못한 학자들이 "이따위 것은 공인工人들이나 할 일이다"라고 뭉뚱그려 말해 버렸다. 그래서 당시의 제도를 기록한 서적에서는 대강의 사실만을 실어 놓고 말았다.

그렇다고는 하나 중국의 경우에는 직업마다 전문성이 있고 스승으로부터 기술을 전수받는 관례가 서 있다. 또 재간과 지혜를 지닌 각처의 선비들이 소질에 따라 제각기 정교한 기술을 습득하여 서로들 전수해 왔다. 성곽과 주택, 수레와 기물을 성인이 제정한 규격과 제작법을 위배하여 만드는 경우가 거의 드물다. 따라서 중국 사람이 만든 물건은 정교하고 견고하여 재물을 축내거나 백성들에게 손해를 입힐 우려가 없다.

반면에 우리나라는 그렇지 못하다. 산림과 하천에서 산출되는 모든 이로운 물산이 하나같이 부서지고 망가진 것을 보수하는 비용으

로 충당된다. 더군다나 그 비용조차도 계속 마련하지 못하기 일쑤인
데 그때마다 "우리나라는 가난한 나라다"라고 한탄한다. 아이! 우리
나라가 진정 가난한 나라란 말인가? 혹시 규격과 제작법이 올바르
지 못한 결과가 아닐까?

박제가 차수次修(박제가의 자字)는 기이한 선비다. 무술년(1778)에
진주사陳奏使를 따라 북경에 들어가서는 중국의 성곽과 주택, 수레
와 기물 따위를 마음대로 관찰했다. 그러고는 "아! 이것이 바로 명
나라의 제도로구나! 명나라의 제도는 또 『주례』의 제도다"라고 감탄
했다. 그는 우리나라에서 통용하고 시행할 만한 것이면 무엇이든 세
밀하게 관찰하여 몰래 기록해 두었다. 이해하지 못할 것이 나타나면
다시 이 사람 저 사람에게 물어서 의혹을 해결했다. 고국에 돌아온
뒤에 기록해 둔 내용을 정리하여 『북학의』 내외편內外編을 만들었다.

이 책에서는 규격을 상세하게 설명했고, 제작법을 명료하게 규
명했다. 게다가 뜻을 같이하는 동료의 견해까지 첨부하여 덧붙였다.
한번 책을 펼쳐 읽으면 그 내용을 현실에 적용하여 시행할 만하다.
아! 그의 마음 씀이 어쩌면 이렇게도 주도면밀하고 또 진지하단 말
인가! 차수여! 더욱 노력할진저!

현재 성상께서는 모범으로 삼을 서적 한 종을 편찬하여 국가의
법서法書를 집대성하고자 하신다. 그래서 주공께서 『주례』를 지으신
예를 참고하여 먼저 육조六曹와 기타 모든 관아에 명령하시어 각기
맡은 직책에서 행하는 임무를 기록하게 하시고, 그 내용을 간추려서

서적을 한 종 완성할 계획을 세우셨다. 이『북학의』가 그 책을 만들 때 채택되지 않겠는가?

바람이 불려고 하면 솔개가 먼저 울고, 비가 내리려고 하면 개미가 먼저 둑을 쌓는다고 한다. 이『북학의』가 채택될지 그 여부는 정녕 알 수 없지만 우리나라에서 법서를 편찬할 때 저 솔개나 개미의 구실을 하지 말란 법은 없다. 따라서 나는 가슴속에서 느낀 생각을 책머리에 써서 차수에게 돌려보낸다.

임인년(1782) 늦가을 성상聖上으로부터 보만재保晩齋라는 호를 하사받은 서명응徐命膺² 군수君受가 쓴다.

---

2　서명응(1716~1787)은 영조·정조 연간의 정치가이자 학자이다. 군수(君受)는 그의 자이다. 육조의 판서와 대제학, 수어사(守禦使) 등의 고위직을 두루 역임했으며, 국가의 큰 편찬 사업에 깊숙이 간여했다. 다양한 학술 분야에 관심을 기울여 수많은 저작을 남겼는데, 특별히 천문학과 농학, 역학 등 과학과 실용의 학문에 깊은 조예가 있었다. 저서에『보만재집』(保晩齋集)·『보만재총서』(保晩齋叢書)가 있다. 이 서문은『보만재집』권 7에도 실려 있다.

# 북학의 서문

北學議序

박지원

　　학문의 방법은 다른 것이 없다. 모르는 것이 나타나면 길 가는 사람이라도 붙잡고 물어보는 것, 그것이 올바른 학문의 방법이다. 어린 종이 나보다 한 글자라도 더 안다면 예의염치를 불문하고 그에게 배울 것이다. 남보다 못한 것을 부끄러워하면서 저보다 나은 자에게 묻지 않는다면 아무 기술도 갖추지 못한 고루한 세계에 종신토록 자신을 가두어 버리는 꼴이 되리라.

　순임금은 농사를 짓고, 질그릇을 굽고, 물고기를 잡는 일을 직접 하고서 결국 제왕이 되셨는데 그분은 남에게서 배우지 않은 것이 없었다. 공자께서는 "나는 젊어서 비천한 사람이었기에 잘하는 비천한 일이 많다"라고 하셨다. 그분이 말한 비천한 일이란 농사를 짓고, 질그릇을 굽고, 물고기를 잡는 일 따위이다. 순임금이나 공자는 성인이면서 동시에 기예에도 능하신 분이다. 그렇지만 물건을 접할 때

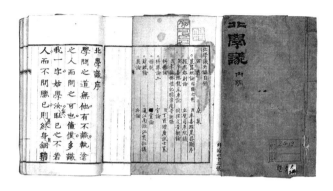

박제가 친필고본親筆薰本 『북학의』 내편 외편 2책　　이겸로李謙魯 구장. 1989년 '백상 추념희귀본전'百想追念稀貴本展에 출품된 것으로 '외편 목록' 일부와 박지원 친필의 서문이 보인다.

마다 기술을 발휘하고, 일에 닥칠 때마다 기구를 제작하자면 시간도 부족하고 지혜도 미치지 못할 수밖에 없다. 순임금이나 공자께서 성인이 되신 까닭은 남에게 묻기를 좋아하고 남이 말해 준 것을 잘 배운 것에 지나지 않는다.

우리 조선 선비들은 세계 한 모퉁이의 구석진 땅에서 편협한 기풍을 지니고 살고 있다. 발로는 모든 것을 가진 중국 대지를 한번 밟아 보지도 못했고, 눈으로는 중국 사람을 한번 보지도 못했다. 태어나서 늙고 병들어 죽을 때까지 조선 강토를 벗어나지 못하는 것이다. 긴 다리의 학과 검은 깃의 까마귀가 제각기 자기 천분天分을 지키며 사는 격이며, 우물 안 개구리와 작은 나뭇가지 위 뱁새가 제가 사는 곳이 제일인양 으스대며 사는 꼴이다. 그런 탓에 예법이란 세

런되기보다는 차라리 소박한 편이 좋다고 생각하고, 초라한 생활을 두고 검소하다고 잘못 알고 있다. 이른바 네 부류의 백성(사농공상士農工商)도 겨우 이름만 남아 있을 뿐이오, 이용利用과 후생厚生에 필요한 도구에 이르면 날이 갈수록 곤궁한 지경에 처해 있다. 그 원인은 다른 데 있지 않고 학문할 줄 모르는 잘못에 있다.

잘못을 깨달아 제대로 학문을 하고자 한다면 중국을 제쳐 두고 어디로 가겠는가? 그러나 사람들은 "오늘날 중국을 통치하는 자는 오랑캐다"라고 하면서 그들에게 배우기를 부끄러워하고, 한술 더 떠 중국의 떳떳한 옛날 제도까지 싸잡아서 천시해 버린다.

저들이 변발을 하고 옷깃을 왼쪽으로 여미는 오랑캐라고 하자. 그러나 저들이 점거하고 있는 땅이 하은주夏殷周 삼대三代 이래로 한漢·당唐·송宋·명明이 지배한 그 넓은 중국이 아니던가? 그 대지 위에서 살고 있는 백성들이 하은주 삼대 이래 한·당·송·명의 후손들이 아니란 말인가? 법이 훌륭하고 제도가 좋다면 오랑캐라도 찾아가서 스승으로 섬기며 배워야 한다. 더구나 저들은 규모가 광대하고 마음 씀이 정미精微하며 제작이 거창하고 문장이 빼어나서 여전히 하은주 삼대 이래의 한·당·송·명의 고유한 문화를 간직하고 있지 않은가?

우리를 저들과 비교해 보면 한 치도 나은 점이 없건만 한 줌의 상투를 틀고 천하에 자신을 뽐내면서 "지금의 중국은 옛날의 중국이 아니다"라고 말한다. 저들의 산천을 비린내 풍기고 누린내 난다고 헐뜯고, 중국의 백성을 개나 양이라고 욕한다. 저들의 언어를 되놈의 말이라고 중상하고 중국 고유의 훌륭한 법과 좋은 제도까지 싸잡아서 배척한다. 그렇다면 누구를 모범으로 삼아서 개선해야 하나?

내가 북경에서 돌아왔더니 초정이 그가 지은 『북학의』 내편 외편 2권을 내어 보여 주었다. 초정은 나보다 먼저 북경에 들어갔었다. 초정은 농사, 누에치기, 가축 기르기, 성곽의 축조, 집 짓기, 배와 수레부터 기와, 삿자리, 붓, 자의 제작에 이르기까지 일일이 눈여겨보고 마음으로 비교하여 보았다. 눈으로 보아서 알 수 없는 것이면 반드시 물어보았고, 마음으로 비교하여 풀리지 않는 것이 있으면 반드시 배웠다.

시험 삼아 책을 한번 펼쳐 보니 내가 『열하일기』에 기록한 내용과 조금도 어긋나는 것이 없어 마치 한 사람의 손에서 나온 듯했다. 이것이 바로 초정이 나에게 기쁜 마음으로 선뜻 보여 준 이유이자 내가 흔연히 사흘 동안 읽고도 싫증을 내지 않은 이유다. 아! 이것이 한갓 우리 두 사람이 눈으로 직접 본 것이라서 그렇겠는가? 일찍이 비 내리는 지붕 아래, 눈 오는 처마 밑에서 연구한 내용과 술기운이 거나하고 등불 심지가 가물거릴 때 맞장구를 치면서 토론한 내용을 눈으로 한번 확인해 본 것이기 때문이다.

중요한 것은 이 책을 남에게 말해서는 안 된다는 점이다. 남들은 당연히 믿지 않을 것이기 때문이다. 믿지 않는다면 자연스럽게 남들은 우리에게 화를 내리라. 화를 내는 성격은 편벽된 기운에 원인이

있고, 우리 말을 믿지 못하는 근본적인 이유는 중국의 산천을 여진
족 땅이라고 죄악시하는 데 있다.

신축년辛丑年(1781) 중양일重陽日에 박지원 연암[1]은 쓴다.

---

1   박지원(1737~1805)은 정조 연간의 사상가이자 문학가이다. 자는 중미(仲美)이고 연
암은 호이다. 박제가보다 13살 연상의 선배로 학문적으로나 인간적으로나 깊은 관계를
맺었다. 정조 4년(1780) 5월부터 10월까지 진하 겸 사은별사(進賀兼謝恩別使)의 일원으
로 북경에 다녀와 『열하일기』를 저술했다. 농서(農書)로 『과농소초』(課農小抄)가 있다.

# 찾아보기